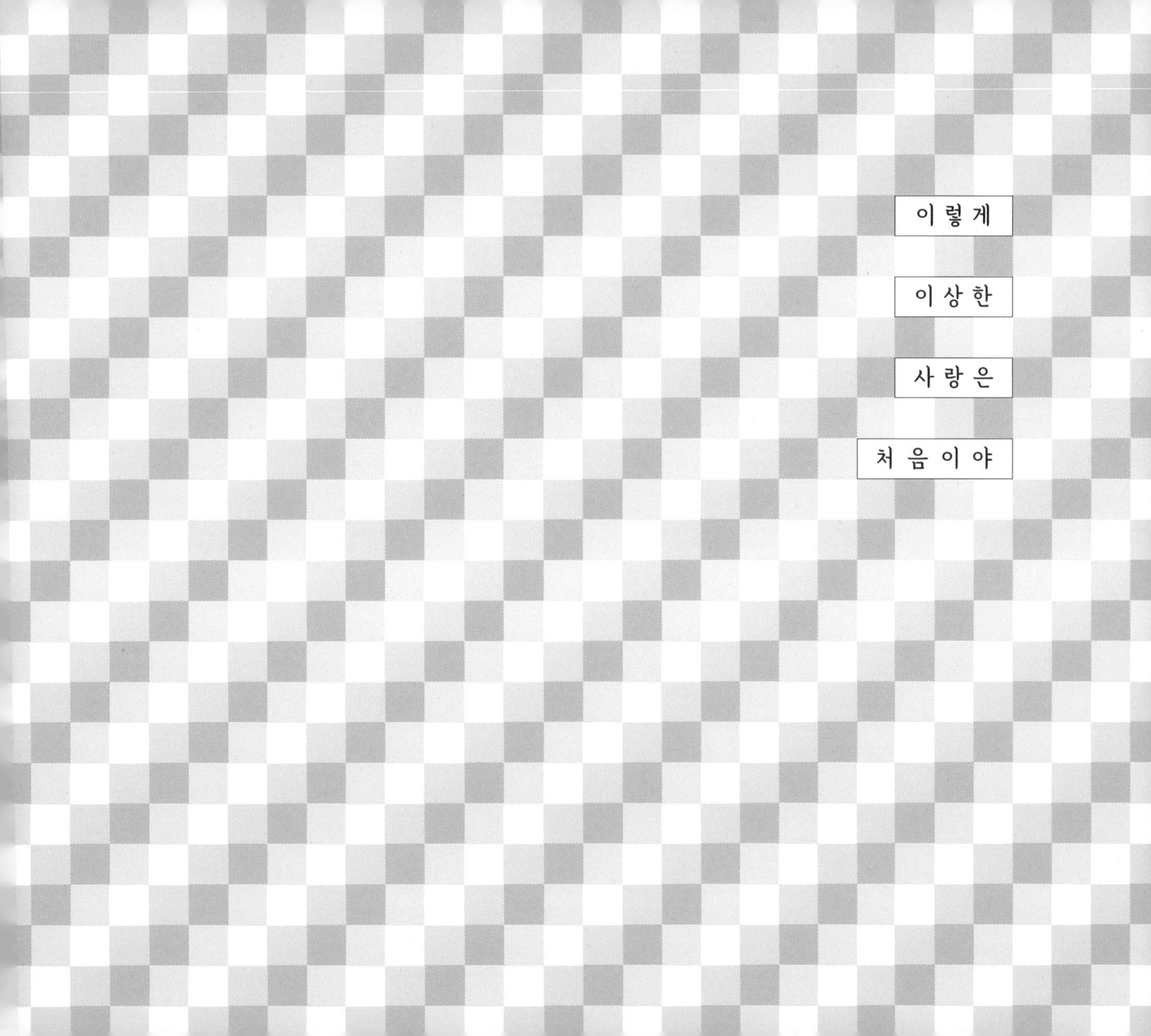

이렇게 이상한 사랑은 처음이야

이렇게 이상한 사랑은 처음이야

유희진 그림일기

위즈덤하우스

차례

2 어린이만의 속도로 걷기

3

서로의 집이 되지 않기로 약속해

4

프롤로그

일기 쓰는 마음

아주 잘 지내지 못할 때조차
잘 지내는 것처럼 보이는 게 싫어서
며칠 간 아무것도 안 그려봤다.

그랬더니 정말 아무것도 없더라.

집게로 골라내듯이
오늘의 작은 기쁨을 뽑아서 기록하는 일.
하루 24시간 중 단 몇 초의 순간을
그날의 전부인 것처럼 쓰는 일.

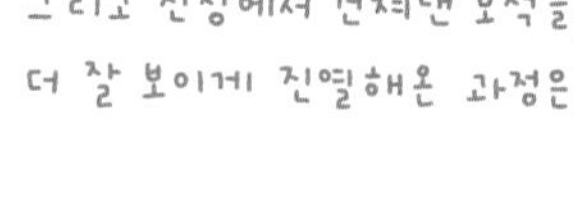
그리고 진창에서 건져낸 보석을
더 잘 보이게 진열해온 과정은

저절로 되는 게 아니라
단련의 결과였다.

그건 잘 사는 것처럼 '보이는' 게 아니라
그 자체로 '잘'이었다.

너무 작아서 스스로 찾아내지 않으면
아무도 대신 봐주지 않는
나의 오늘의 잘.

일상에서(별 볼 일 없는 일상이라면 더욱)
반짝이는 순간을 발견하려면
마음의 시력이 필요하다.

그리고 많이 볼수록 시력이 좋아진다.

안부 묻기

1

요정들이 사는 나라

이불 속에 숨기 좋아하는 아이를 보다가

문득 생각난 장난이 었다.

아이들은 내가 하는 줄 뻔히 알면서도

이 놀이를 무척 좋아했다.
그래서 가끔 요정을 부르기로 했다.

어느 날은 잠자리 도우미로 초청.

요정과 함께 산 지 두어 달이 지난 지금은…

책 읽기가 지겨우면
자기들이 요정을 부르기도 하고

남편도 아이들을
재울 수 있게 되었다.

나는 우는 아이에게 선물을 안 주시는
산타 할아버지나
말 안 듣는 아이는 삶아 먹는 도깨비,
이놈! 하고 잡아가는 경찰 아저씨는
육아에 초대하지 않는다.

대신 무미건조하고 냉정하게,
하지만 진솔하게
상황을 설명하는 편이다.

요정은 그런 우리에게 찾아온
한 줌의 마법 같은 것이다.
유아기에는 환상이 필요하니까.

강아지

하준이의 퀴즈

그렇게 시작된 한밤의 퀴즈 시간
- 공룡편 -
(우린 방금 공룡 책을 읽었으니까)

문제 3
이건
이구아노돈이랑
비슷한데…
다른 점이 있어.
바로…
바로…
어여
다 맞히고
자고 싶다.
이름이
달라.
응?
저기요…

하윤이의 수학 문제

이번엔 하윤이의 퀴즈.
엄마, 내가 문제 낼게.
응!
1.
2.
3.
4.
5.
사탕이 다섯 개 있는데...
그중에서 다섯 개를 먹으면...
엄마가 몇 개를 더 줄까요?

안 줄 건데.
아니
엄마아아아아!
답을 맞혀야지.

사랑

엄마가 왜 쳐다보는지 알아?
빤—
예뻐서.
맞지?
응, 맞아.
이번엔...
엄마가 하준이 왜 쳐다보는지 알아?
사랑해서.
맞지?
웃겨서... 라고 하려고 했는데...

뽀뽀

자동차로 하는 인형 놀이.
우리 집 말로 '안녕 놀이'.

자, 이제 뽀뽀뽀할 거야.

뽀뽀는 왜 하는 거야?

사랑을 기억하려고.

엄마도 뽀뽀해줘.

쪽!

잔소리 막기

여섯 살답게

으애애앵~
하준아. 거기 엄마 자리야.
하윤이는 왜 징징하고 있어. 말 못하는 한 살 아가야?
아니…
힝…
그럼 이번엔 다섯 살처럼 말해보자.
하준아, 다시 누워봐봐.
자, 다섯 살처럼! 시작!
오빠 비키. 엄마가 내 옆에 누울 거야.
와아, 잘했어♡
비키라고오!
흥흥흥
하아
자, 이제 하준이가 여섯 살처럼 대답해볼까?

싫어~
이이이이…
와… 정말 여섯 살 같은 대답이다.
제대로네…
시킨 내가 똥멍청이…

하루에도 몇 번씩 싸우는
얘들아, 선크림 바르자.
네!
내가 먼저 바를래!
안 돼! 내가 먼저 바를 거야!
내가 먼저!
내가!

연년생 남매…
오빠 먼저 왔으니까 오빠부터 바를 거야.
속이 안 좋다…

그래서 셋 중 한 명은
자~ 이제 하윤이 바르자~~
하윤아~
어여 바르고 나가자.
아 더워…
안 바를 거야?
하윤이 차렌데♡
메롱 내가 먼저 발랐지
…

늘 삐져 있다 -_-
빨리 안 와!
심하준, 동생 놀리지 마!
이성
탈출
이럴 거면 나가지 마!!
나도 삐진 애들이랑 나가기 싫어!
다섯 셀 때까지 안 오면 혼날 줄 알아!
하나!
둘!

왜 셋 중 하나냐면…

…
오빠 미워.
엄마 안 좋아.
내 화장품 안 빌려 줄 거야.

그게 삐질 일이냐고…
너무 심하게 말했다.
왜 그걸 못 참아 가지고…
나란 엄마…
안 나간다는 말은 하지 말걸…
그냥 나가지 말까…
준비 다 했는데…
아 진짜 얘네들이랑 나가기 싫다…
날도 덥고…
다시 나간다고 하면 내 말 뭐가 됨?
씩
씩

오빠, 우리 안녕 놀이 하자.
나 우루스 해도 돼?
응!
그새 둘이 놀고 있…
그럴거면 왜 삐진 그..
내가 누구 때문에 화가 났는데
우쒸- 나 쟤네 안 좋아…
내가 이 둘 사이에 끼어 있어서.

똑같은 말을 계속 듣고 있자니 동네 시끄럽고 현기증 나는데, 딱히 잘못한 건 아니어서 나무라기 애매할 때…

자, 지금부터 간지러워는 금지어야. 말하기 없기. 대신 간지럽다고 말하고 싶으면 …

그렇게 무사히? 집까지 갔다.
그다지 조용해지진 않았으나
더 이상 짜증을 내지도 않았다.

잘못한 일

자기 전 침대에 누워
오늘의 잘한 일과 잘못한 일을
말해보기로 했다.
나는 오늘 밥 혼자 잘 먹고 오빠랑 같이 깨끗하게 정리했어.
와, 맞아! 오늘 정말 잘했어. 하윤이 칭찬해.
나는 오늘 하윤이 신발 갖다주고 정리 잘하고 밥 잘 먹었어!
와, 친절한 오빠! 하준이 칭찬해.
잘난 척하고
생색내는 모습이
정말 사랑스럽다.
엄마는 아침에 졸린데도 일어나서 김밥 싸주고 블록방도 같이 가주고 놀이터에서 앉아 있지 않고 달리기도 많이 했고 (하고 싶은 말이 너무 많다!!)
와아 엄마 칭찬해!!
생색
생색
나도 같이 한다.
그럼 이제 잘못한 거 얘기하고 사과하자.
잘못한 일들은 뻔해서
아마 샤워 빨리 안 하고 장난친 거…
서로 킥보드 타겠다고 싸운 거 얘기하겠지.
나에게 혼났던 거 얘기할 줄 알았는데…

아이들의 이야기를 듣고 보니, 나의 잔소리는 아이들의 행동을 고치기는커녕 잘못을 깨닫게 하는 데도 별 효과가 없는 것 같다.

샤워하고 양치할 때 안 한다고 버틴 건 안 미안한 거냐… 나 분명 혼냈는데…

그리고 아이들의 부탁과 바람을 거절하거나 귀찮아했을 때 엄마를 원망하는 대신 자기가 잘못했다고 생각할 수도 있다는 것을 깨달았다.

미안한
마음 들게 해서
미안해.
부끄럽구나 ...

엄마가 레고를 더 잘 찾는 이유

하준이가 어린이집에 안 간 날
나란히 앉아서
각자 하고 싶은 일을 하는데

하나 더.
응? 또?
두 개 필요해?
응.
존댓말로
좀 부탁해
줄래?
하나
더
찾아
주세요요요.
알았어.

근데 왜
너는
안 찾냐?
큰 통에 거는
엄마가 찾아줘.
니가 좀 찾아.
니가 나보다
눈도 좋잖아.
뽀시락
뽀시락
테이블 밑에
레고 한가득…

뇌는
엄마가
더
크잖아.
응?

머리를 묶는 이유

오늘은 머리 몇 개 묶을까?
음… 엄… 음… 하나!
오빠, 나는 여자라서 머리 묶는다~ 좋겠지~
??
나는 머리 안 묶고 싶은데~
엉? 여자라서 머리 묶는 거 아닌데 지금까지 그렇게 알고 있었어?
??
??
그럼 왜 묶는 거야?

머리가
기니까
묶는 거지.
다 됐다
아…
엄마-
지혜반에
OO는
머리가 긴데
안 묶고 와.
그래?
너도 풀고
갈래?
아니…
머리 풀면
더워.
동글동글
해줄까?
응!
엄마,
나 예쁘지요?
응,
예쁘다.
머리 묶으니까
시원해.

배려

감기 걸린 심.
끙끙
엄마! 나 문 닫고 나왔어. 아빠는 문 닫고 자는 거 좋아하잖아.
맞아. 아빠는 문 닫고 자는 거 좋아해.
하윤이가 아빠 편하게 주무시라고 문 닫아준 거야?
하윤이가 배려해줘서 아빠가 정말 기쁘겠다.
배려가 뭐야?
하윤이가 방에 갔다가 그냥 나오지 않고 아빠 편하게 자라고 문 닫아주는 게 배려야.
멘탈 버스러지게 힘들었던 하루의 끝.
띵!
오븐 타이머 소리
엄마, '띵' 소리 났다! 밥 먹으러 가자!
좋아! 하준이 업혀! 엄마가 둘 다 안고 갈게!
예~!

난 그냥 갈래.
엄마 못할 것 같아.
지잉
하준아, 엄마 힘들까 봐 그냥 가겠다고 한 거야?
응!
하준이가 그렇게 엄마를 배려해 주다니 감동이다!
나도 오늘 아빠 잘 때 배려해 줬잖아!
맞아!
배려가 뭐야?

지랄 총량의 법칙

요즘 하윤이는 물이 가득 찬 컵인 양

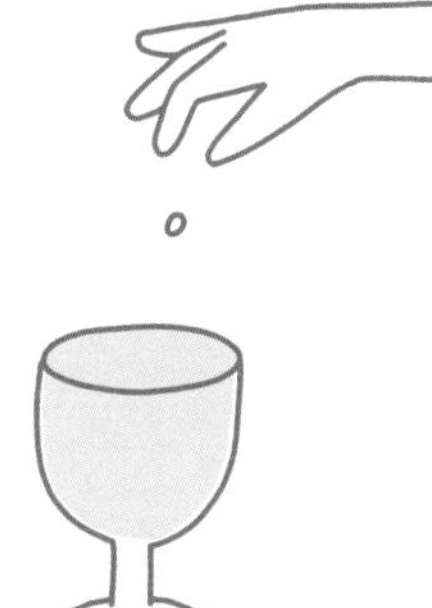

조금만 건드려도…

이 난리…

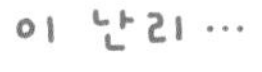

결론을 내렸다.

하준아… 다섯 살이 '미워'라고 하는 건…

'지랄 총량의 법칙'을 적용해보자, 라고.

지랄 총량의 법칙이란,

모든 인간에게는 일생 쓰고 죽어야 하는 '지랄'의 총량이 정해져 있다는 법칙. 어떤 사람은 그 정해진 양을 사춘기에 다 써버리고, 어떤 사람은 나중에 늦바람이 나서 그 양을 소비하기도 하는데, 어쨌거나 죽기 전까진 반드시 그 양을 다 쓰게 되어 있다.

— 김두식, 《불편해도 괜찮아》(창비, 2010)

지금 마음껏 지랄을 떨어서
남은 인생의 지랄 총량을
조금이라도 줄일 수 있다면,

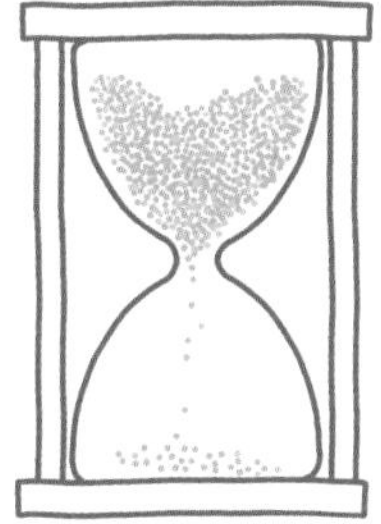

그래, 내가 좀 받아주지, 뭐.

••

사실 이 정도로 참을 수 있는 건 (자랑할 만큼은 아니지만) 하준이 육아 경험 덕분이다. 하준이도 하윤이와 똑같은 시기가 있었지만 지금은 사사건건 삐지지 않는다. 하윤이도 이 시기를 곧 떠나보낼 거라고 생각하니 조금은 마음이 너그러워진다. 둘째의 특권이겠지. 하윤이도 친구와 함께 놀 때는 그렇게 자주 삐지지 않는다. 어린이집 선생님도 친구랑 싸우거나 토라지는 일이 거의 없다고 하셨다. 종합해보면, 하윤이가 우리를 신뢰한다는 뜻. 이 사람 앞에서라면 삐져도 괜찮아, 인 거 아닐까. 아이가 나를 누울 자리로 쓰는 거라면, 자리 잘 펴고 받아줘야지.

왜
안
돼
?

요즘 나를 도라버리게 하는 건…

집에 올 때 비 안 올 수도 있으니까 운동화도 가져가자.

뭐라고?

되게 이상한데

잘못한 건 아닌 일들이
하루 종일 시도 때도 없이 벌어진다는 거다.

싫은 이유는 있는데
안 되는 이유가 없다

이런 상황을 인내심으로 버티려고 하면

저녁 식사가 끝남과 동시에
인내심도 바닥난다.

그래서 인내심 대신 집중력을
사용해보았다.

이걸 능동 육아라고 부르기로 했다.

말장난 같은 자기 암시일 수 있지만,
이상한 아이들과 훨씬 나은 하루를
보낼 수 있었다.

다시 집으로 돌아가려고 밖에 나왔을 땐
거짓말처럼 비가 그쳐 있었다.
하준이는 장화 없이 건널 수 없는 지점까지
한참을 걸어와서는 운동화를 꺼내 신었다.

'좋아'라고 말할 수 있어서 좋았다.

무서운 건 무서운 거지

집에 들어가는 길에…
하준아, 아빠랑 집에서 농구하자!
엄마, 자전거 타고 갈래!
그럼 난 킥보드!
어서 집에 가고 싶은 아버님
어! 우와!

하윤이는?
난 자전거 탈래!
좋아!

집 앞 공터에서 자전거를 탔다.
좋다…
매우 느림

어두운 가로등 아무도 없는 공터… 정체불명의 깜빡이는 불빛…
엄마, 저기 불 켜졌어. 어… 꺼졌다. 괴물인가?
아파트 불빛이야.

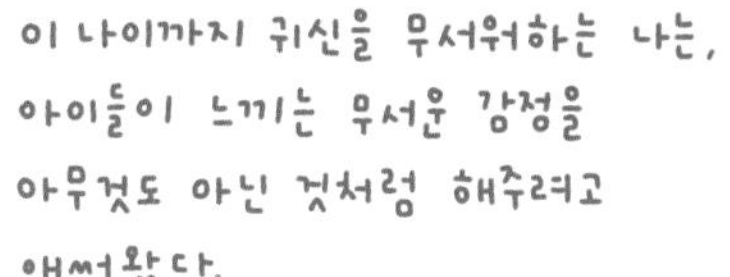

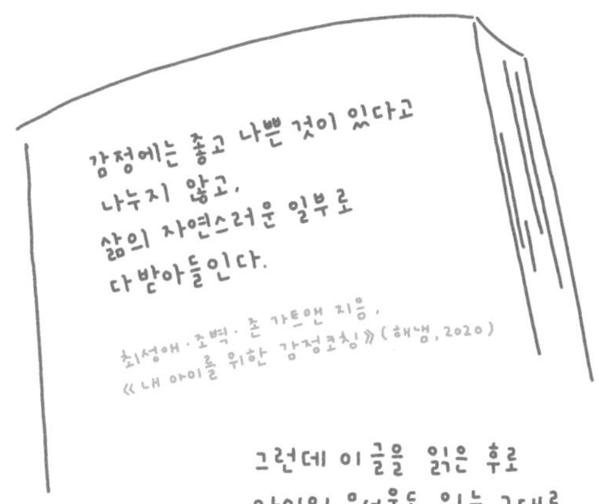
감정에는 좋고 나쁜 것이 있다고
나누지 않고,
삶의 자연스러운 일부로
다 받아들인다.

최성애 · 조벽 · 존 가트맨 지음,
《내 아이를 위한 감정코칭》(해냄, 2020)

그런데 이 글을 읽은 후로
아이의 무서움도 있는 그대로
받아들이기로 했다.

쪼로로롱
산새가 노래하는
숲속에 예쁜 아기
다람쥐가
살고 있었어요
푸른 나무
위에서
울창한 숲속
엄마!
응?
이제
안 무서워!
진짜?
그럼 자전거 더
타고 갈까?
응.
다른 노래
불러줘!
좋아.
아이들은 얼마나
단순한지…

마음 풀기

하준아, 잠깐 나가 있어. 하윤이랑 둘이 할 얘기 있어.
나도 있고 싶은데…
삐짐
밖에서 잘 기다리면 상이 있을 거야.
오! 상? 무슨 상인데?
무슨 상인지는 줄 때 알려줄 거야.
상으로 뽀뽀는 안 돼.
어떻게 알았지…
상은 물건으로 주는 게 상이야.

이미 화가 풀려 있었다고 한다.

••

오빠를 내보내는 엄마 등만 보고도 기분 좋아져버린 어린이. 형제가 있는 아이에게 '너하고만 얘기하고 싶어'는 기분 좋은 이벤트다. 엄마랑 둘이 얘기 좀 하자고 말하는데 그걸 좋아하다니, 언제 또 내가 아이들에게 이런 식의 열렬하고 절대적인 사랑을 받을 수 있을까. 시계가 가고 있다. 이 좋은 시절 낭비하지 말아야지.

엄마, 오빠 가방 어디에 있는지 알아?
가방? 하윤이가 현관 앞에 갖다놨어?
응!
우와… 나갈 때 편하게 들고 갈 수 있겠다. 우리 하윤이가 어떻게 이렇게 멋진 일을 했지?
그때 갑자기 숟가락을 놓기 시작하는 하준이.
우와! 오빠~~ 숟가락 놔줘서 고마워!
와아~ 하준아, 우리 숟가락도 놔주는 거야? 고마워~~
엄마가 하라고 한 거잖아.
엄마가 시켜도 말 안 들을 수도 있는데 진짜로 했잖아. 그러니까 고맙지.
그리고, 내 차례도 있었다.
엄마! 맛있는 요리 해줘서 고마워.
그렇게 말해주니까 엄마 정말 기쁘다.
엄마 최고!
좋은 아침이다…

••

흔히들 첫째 보는 앞에서 동생 너무 예뻐하지 말라고 한다. 첫째가 샘낸다고. 나는 그렇게 생각하지 않는다. 둘째 때문에 첫째에게 불필요한 책임을 지우지 말고 첫째 때문에 둘째에게 줄 사랑을 숨기지 말자고 마음먹었다. 칭찬은 모두가 보는 앞에서, 나무랄 땐 단둘이서. 그리고 누구에게든 애정 표현은 큰 목소리로. 딱 그런 모습의 아침이어서 기분이 좋았다.

이심전심

엄마, 이심전심이 뭐야?
음… 그러니까 하준이 마음이랑 엄마 마음이 똑같으면 그걸 이심전심이라고 해.
아이들에게 뭔가 알려줄 때면
이해 안 됨?
음…
과연 내 말을 이해한 것인가

엄마, 나 엄마 좋아.
고마워♡ 그렇게 말해주니까 정말 기쁘다.
뭐지. 이 황당한 화제 전환은?
의심스럽다.
엄마도 나 좋아해?
응! 엄마도 하준이 좋아, 사랑해♡
하지만 확실히 아이들에게 겐

그들 나름의 세상을 이해하는
지혜가 있다.

어린이만의 속도로 걷기

2

화가 나가는 문

육아가 힘든 시기
아이들 앞에서 폭발하는 화는…

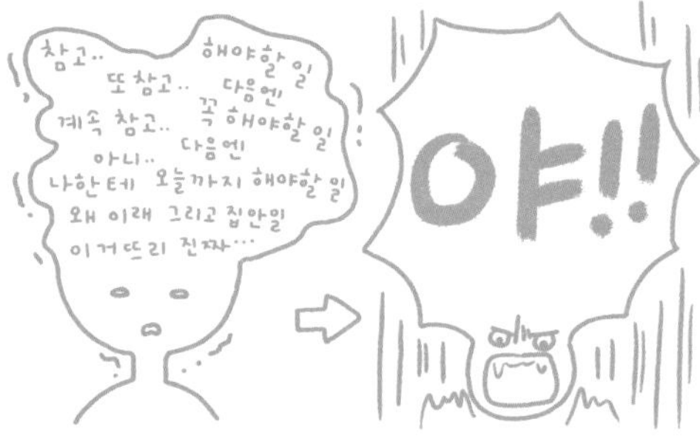

한번 터져버리면
이미 브레이크 없는 자동차…

내가 봐도 너무한 것 같아서
그만해야겠다고 생각하면서도,
왜 때문인지 계속 소리 지르고 있는
미친 뇨자 한 사람…

지뢰밭 같은 집구석에서
아이들을 살려주기 위해서
도망갈 수 있는 문을 하나 만들었다.

이름은 '화가 나가는 문'.

그리고 아이들에게
문 사용법을 알려주었다.

하지만 고함치는 거인 앞에서
아이들은 얼어버리기 일쑤였기 때문에
한동안은 내가 문의 존재를
알려주어야 했다.

그리고 아이들이 용기를 낸 만큼 나도 용기를 내어
(이 부분이 더 미친 사람 같기 때문에
용기가 필요하다)

라며,
일단 화를 멈춰보였다.

사실 애써 꾸밀 필요 없이
아이들이 '미안해'라고 하는 순간
나 자신이 부끄러워 화가 저절로 사라졌다.

화가 나가는 문은
결국 우리의 탈출구였다.
육아는 아이와 나,
사람 대 사람의 일이어서
인격 수양만으로는 나의 부족을 메울 수 없었다.
그래서 아이들에게 열쇠를 주고 도움을 요청했다.
나 좀 말려달라고,
그리고 너희들도 살아남으라고…

우리는 아직도 함께
새로운 열쇠들을 습득해나가는 중이다.

• 정유진, 〈다루다 시리즈 : 엄마를 다루다〉, 《찹쌀떡가루의 떡육아 프로젝트》, 2017년 1월 28일. https://blog.naver.com/dbwlsl0307/220921994583

혼자 종이접기한 걸
자랑하러 왔던 하준이의
급 고백…

학 접기에서
이 단계까지 접은 다음에
시작하는 종이접기였다.

어차피 종이는 건드리지도 못하게 하고
계속 보고 있으면 답답해서 현기증 나니까
사정거리 안에서 볼일을 보고 있는데…
얼마 안 가 다시 나를 부른다.

그 때 생각난 것…

'아이를 도와주기 전에
마음속으로 열까지 세어라.'

속으로 천천히 열까지 세고 나면

대부분 아이들 스스로 문제를 해결해낸다.

그동안 아이들이 조금만 머뭇거려도
바로 손을 뻗어 도와주었던
성질 급한 내가

10초씩이나 기다리는 데는
대단한 인내심이 필요했지만

절대 못할 거라고 생각했던 것들을
결국 해내는 것을 목격하면서

아이들을 도운 게 아니라
성취할 수 있는 기회를 빼앗고
있었다는 걸 깨달았다.

아픈 날

감기에 걸렸다.
자, 오늘은 엄마가 아프니까 너희들 싸우지 말고 재밌게 놀아.
어~ 나 요즘 오빠하고 안 싸우더라? 싸우지 않고 장난만 쳐~
귀여운 사람들 같으니…
엄마, 근데 괜찮아요?
아니… 코도 시렵고 눈도 따갑…
열도 나는가?
아, 엄마 따뜻하다.
그래? 엄마 따뜻해? 이리 와봐. 안아줄게.

모르겠지만…
쪽 쪽
?!
아픈데 뭔가 기분 좋은 밤.
나 옷 입으러 온 거야.
그래. 어여 입어.

내 주인은요

어린이의 속도

엄마, 이것 봐. 내가 구두 만들었어!
테이프
덕지
덕지
엄마… 구두 바닥 붙이다가 찢어졌어.
힝…
그래? 구두니까 바닥도 만들어봐.
색종이가 얇으니까 찢어질 수도 있지. 이것만 씻고 같이 하자.
우애앵… 내가 만든 구두 찢어졌어.
아니… 다시 하면 되잖아… 하준아, 하윤이 좀 달래줘!!
으아앙 나 장난감 방으로 갈 거야!
하준아, 동생 울면 오빠가 달래줄 수 있잖아!
아니 뭐야, 진짜…

찾았다
이느므
시끼
하윤아,
엄마 왔어.
야! 너는
동생 울 때는
보지도 않다가
나보고 종이접기를
해달라고??
안 해줄 거…
엄마, 이거
실내화…
응?
실내화?
하윤이 실내화
접어주려고
종이접기 책에서
찾았어.
구두 찢어
져서?
응.
…
…
…
하윤아,
구두 찢어져서
오빠가
실내화
접어준대.
그럼
괜찮아?
끄덕
끄덕

하준아…
응?

엄마가
하준이한테
부끄럽다.
미안해.
그리고
고마워.
응.
엄마,
이거
3번
해줘.
그래.

잠자리 책 읽기 시간.

엄마, 오늘은 《네안데르탈…》 읽지 말고 《미니카 종이접기》 책을 소개하고 싶어.

~~그냥 책 읽는 대신 놀고 싶다는 말~~ 아니냐… 그래, 좋아.

읽고 싶다는 책이야
그냥 같이 봐주면 되지만,
눈앞의 욕구밖에 보지 못하는
아이를 도와줘야겠다는 생각이 들었다.

잠시 고민…

그리고 결정!

주어진 시간의 한계에서
당장 하고 싶은 일을 포기하고
최대치의 즐거움을 찾아내다니, 기특했다.

말 안 듣는 사이

하준이에게 할 얘기가 있는데

애가 눈빛에 영혼이 없다.

그런다고 멈추는 내가 아니어서
계속 말하는데
(일명 폭풍 잔소리)

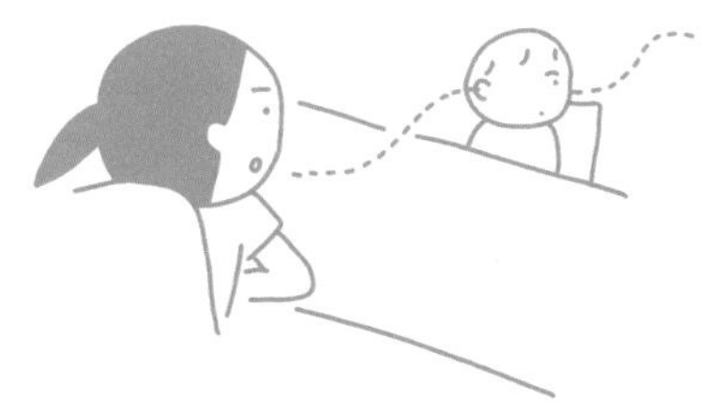

한마디도 귀에 안 꽂히는 느낌.

끝없이 재잘거리는 아이들에게서
벗어나고 싶다는 간절한 바람은
결국엔 이루어지더라.

내가 아이들에게 할 얘기가 있는
그 순간에.

동문서답 놀이

엄마, 우리 동문서답 놀이 하자.
그게 뭐야?
엄마가 나한테 말하면 내가 엉뚱하게 대답하는 거야.
좋아.
말해봐봐.
음…
하준아, 오늘 블록방에서 뭐 만들 거야?
음.. 나는 운동화 신고 갈 건데?
아니~ 그게 아니고… 블록방에서 만들기 뭐 할 거냐고~
슬리퍼 안 신어~ 운동화 신고 갈 거야!
아니~ 뭐 신을지 물어본 게 아니고 레고 뭐 만들 거냐고~ 닌자고 할 거야?
아… 답답해
뻔뻔
답답해하는 리액션은 필수다.

근데 이게 몇 마디 주고받다 보니
과몰입돼서…
응! 나는
택시 타고
갈래!
으아아…
갑자기 무슨
택시야!
블록방에서
뭐 만들지
묻고 있잖아!
진짜 답답해지기 시작.
그럼
버스 타고
갈까?
깔
깔
으아…
하준아, 나는
이 놀이 못하겠다.
그만할래.
인내심
사망
그럼 이번엔
내가 말할게.
엄마가 대답해.
오…
좋아!
너도
당해
보거라
엄마, 우리
지금 어디
가는 거야?
오늘 저녁은
양배추
수프야!
오예!
?

엄마를 놀릴 때만 재밌는 놀이였다.

빨래를 며칠 안 했더니…

넘쳐버린
빨래 바구니를 보더니
하준이가 한마디 한다.

엄마 왜
빨래 안 하냐고
불평하지
않고

빨래통을
하나 더
사자고 하다니…

아이들은
비난하지
않는구나…

나라면 여태
뭐 했냐고
구박했을 텐데…

좋은 엄마는 ______ 다.
빈칸에 넣기에 적당한 말은 모르겠지만
나는 이런 엄마를 볼 때…

…라는 생각을 한다.
(주로 SNS에서 발견)

카 시트에서
잠든
아이 사진을
볼 때…

운전면허 없음
놀이터 말고
갈 데가 없음…

아이 친구들을 초대한
생일 파티 사진을 볼 때…

좋은 엄마다…

(함께 여행 가면 존경스럽다)

집에 아무도 초대하지 않음
(초대하지 않았는데 와주면 고마움)

+ 아이 친구 따로 만나지 않음
(먼저 만나자고 연락 오면 가능)

그밖에
물감 놀이 하는
아이를 볼 때

지금까지도 로망이지만
도무지 즐겁지가 않음…

학원 다니는
아이를 볼 때

아이로 인해 맺는
모든 관계가 어려움.
3년 동안 어린이집
전화번호도 저장 안 한
엄마.

깨끗한 화장실에서
놀고 있는 아이를 볼 때…

각각의 일이 육아에
필수인가와는 별개로
그것을 해내는
엄마가 대단해 보인다.

종합해보면

나에게 좋은 엄마란?

= 내가 못하는 거 잘하는 엄마

그 말은 곧,

라는 뜻이다.

마우리가 안 되니

그냥 끝.

기다리고
엄마, 아이스크림 먹고 싶다.
지갑 안 가져 왔는데?
또 기다리고
집에 가서 지갑 가져와서 아이스크림 사러 가자.
이제 밥 먹을 시간인데?
빵빠레 먹고 싶다
밥 먹고 먹을게
기다리느라...
엄마아, 아이스크림 사러 가기로 했잖아.
어... 편지 하나만 쓰고. 자꾸 말 시키니까 오래 걸리잖아.
엄마, 한복 접는 법 알려줘.
잠깐만 이거 좀 쓰고. 지금은 못 해줘.
미안

참고…
그럼 나 혼자 그림 그려야겠다.
어… 카톡 왔네?
토독
토독

또 기다리느라…
엄마, 이거 읽어줘.
엄… 양치 먼저 하고 읽자!

네가 더 이상
잠깐만 가까이 좀 보자.
하지 마! 나 안 보이잖아!!

기다릴 수 없었던 건지도 모르겠구나.
하윤아… 잠깐만 기다리면 같이 볼 수 있잖아.
이거 내가 고른 책이잖아!
이렇게 보니까 알겠다.

No means No

쪽
기습 뽀뽀다!
앗, 더러워!
뭐! 엄마 뽀뽀가 더럽다고!
안 돼애~
쮸와압♡
더 많이 뽀뽀할 거야!
엄마는 나를 안 좋아하나 보다. 내가 더럽다고 하는데 뽀뽀하다니!
에이~ 좋아하니까 뽀...
(앗!)

맞아, 니가 싫다고
하면 뽀뽀하면 안 돼.
너 좋아하니까~
미안해~
사실은
안 더러운데~
알아~

금시초문 놀이

하준이와 하는 말놀이들은 규칙은 쉽지만...

생각하려면 넘나 피곤한 것...

마침 옆에 읽던 책이 놓여 있어서,

근데 이게 묘하게 재밌는 이유가…

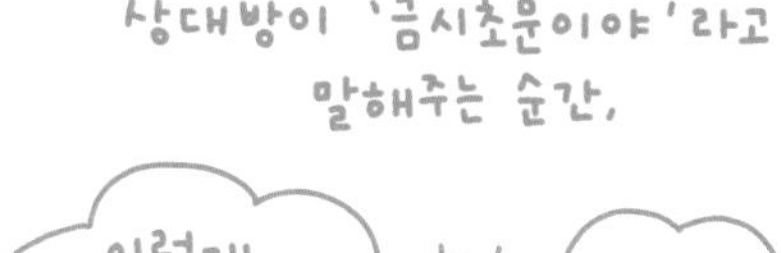

관종력이 충족되기 때문이다.

금시초문인 이야기를 갖고있다.

처음 듣는 이야기, 그리고
처음 들려주는 이야기를 나누는

시시콜콜 아무 말 대잔치였다.

놀이터에서 놀다가
쉬 마려워
집에 다녀온 하준이.
엄마!
?
엄마,
내가 집에
갔는데...
응.
밥솥에서 삐삐 소리가 나더라.
삐
삐
밥 다 됐다는 뜻이야!
응. 그래서 내가 뚜껑 열어놨어!
읏샤
네?

기특한 마음

삐삐 소리 나면 뚜껑 여는 거 맞지?
아니… 그거 아니야…

엄마 도와주려고 그런 거야?
응!

그렇다면 고마워…
뚜껑 여는 거 아니야?
응… 아니야.
그건 세탁기.
아니면 식기세척기…

청소 중.

막상 부수려니 아까워서 (별게 다…)

사진 찍고 있는데,

갑자기 나타나서 도발하는 하윤이…

얘가 왜 이러는지 모르겠지만(싸우자는 건가?)

우기기 시작한다.

문득 '이까짓 거-'라는 생각이 들어,

내가 잘못 말한 셈 치려고 했는데,

하윤이에게서 돌아온 예상 밖의 대답.

이 대화를 곰곰히 되새기다가 든 생각…

청소 안 하면
장난감 버릴 거야
스스로 치울 수 없을 만큼
많은 물건을 가질
수는 없어.

이게 한때 나의 단골 잔소리…

이후로 아무리 엄마라도 아이들 물건을

마음대로 버릴 수는 없다는 걸 알려주고

허락 없이 버리지 않겠다고 약속했다.

오늘 하윤이가 내게 했던 말은

내 약속을 시험했던 거였을까?

뭐가 됐든 아이에게 위안이 되었기를 바라본다.

아이가 굳이…
굳이 굳이 자기가
하고 싶다고 할 때,

그래서 속이 터질 때…

아이의 손 대신
눈을 봅니다.

아이의 더딘 손을 보며

인내심을 쥐어짜느라 애쓰는 대신,

도전과 호기심으로 빛나는
아이의 눈빛을

다만 구경합니다.

아이는
바쁘고…

엄마는 한가해짐.

그러다가 최적의 타이밍에
다정해지기.

혹은 아이가 해내는
대단한 일에 감탄하기.

아무것도 안 했는데
열심히 놀아준 것 같은 효과는 덤.

아이들은 자라고

오늘 아이들과 사람 많은 곳에 있는 동안

깨달았다.

이 아이들이

내 울타리였다는 것을.

낯선 사람보다

아는 사람들 틈에 있는 걸

어려워하는 편인데,

(그들을 좋아하는 마음과는 별개로)

그런 나에게

계속 집중해야 하는 아이들은

숨어 있기 좋은 장소였던 것.

말 그대로 나의 작은 우주 속에서

살았던 시절이다…

그런데 아가들이 언제 이렇게 커버린 거지?

더 이상 아이들 뒤에 숨을 수가 없었다.

어쨌든 이제 아이들은 자랐고,

(누가 보면 시집 장가 보내는 줄...)

잔소리의 원인은 나였다

그리고 시작된 잔소리.

나는 일어나서
화장실 불을 끄고

물을 벌컥벌컥 마시고…
(목마른 사람은 나였다)

이불을 꼬옥 덮었다.

(추운 사람도 나…)

모든 문제가 해결됐다.

하준이는 20분 정도 멍때리며
더 누워 있었고
나도 그동안 마저 책을 읽었다.

라고 생각했다.

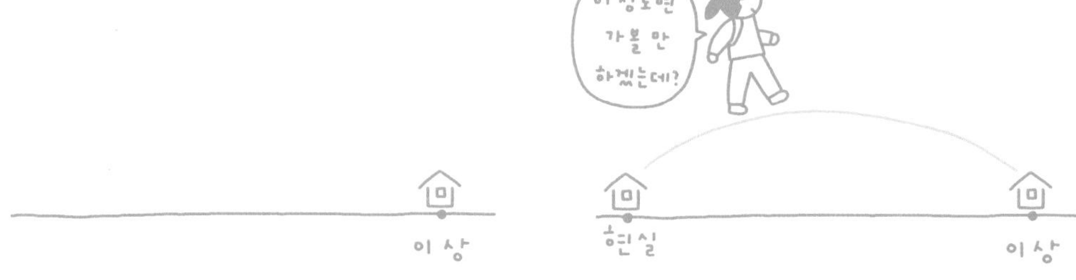

내가 도달하고 싶은 모양의 삶과

현실의 갭,

그리고 내 맘 같지 않은 사람들.

그래서 답답했던 날들.

하윤아,
오빠랑 엄마 아빠가
니가 하고 싶은대로
뭐든지 다 하게
해줄 수 있을까?
아니.
그럼 질문을
바꿔볼게,
잘 들어봐.
하준이랑 하윤이랑
아빠가
엄마 원하는 대로
안 한다고 엄마가
화내도 될까?
아니.
아니.
맞아…
그런데
자꾸
화가 나.
우리 그럼,
오늘 뭐가 마음에
안 들었는지
말해볼까?
좋아!
나는… 니가
콧물 나는데
팬티만 입고
있는 거 싫고…
우리 아직
식사 안 끝났는데
먼저 다 먹고
가버리는 거
싫었고…
잘 시간이
다 됐는데
안방에 있는
장난감 안 치워서
화가 났고…
아니… 나
안 끝났는데?
열다섯 개는 더
할 수 있을 거
같은데.
이제 나
해도 돼?
그리고…
또…

이제 나 한다!
좋아.
비장
나는... 엄마가 드론 지금 못 꺼내게 하는 거 마음에 안 들어.
그래. 그리고 또?
그랬는데도 그거 하나뿐이야?
응.
...
아이들이 엄마 아빠를 보듯이 나도 아이들을 볼 수 있다면 참 좋겠다...

없어.
그거밖에 없다고?
응.
왜? 내가 아까 혼내고 잔소리하고 장난감 치우라고 하고 뭐도 하고 이거도 하고...

사랑받는다

침대에서 뒹굴며 이런저런 얘기를 하다가
"다른 사람이 나를 생각할 때
어떤 사람이면 좋을까?" 하고 물어봤는데…

예를 들면 엄마는,
사람들이 나를 생각할 때
'유희진은… 같이 있으면
재밌는 사람'이면 좋겠어.

생각해 본 적 없어서
급조한 예시…

••

나는 아이들이 가장 좋아하는 사람보다는 아이들을 가장 좋아하는 사람이 되고 싶다. 아이들이 사랑받는다고 느낄 수 있는 그 방식으로 사랑하고 싶다.
육아의 기적적인 면은 인생의 단계마다 내가 듣고 싶었던 바로 그 말을 들려줄 사람이 생기는 것이다. 반대로 듣고 싶지 않았던 그 말을 듣지 않게도 해줄 수 있다. 경험적으로, 다시 태어나는 것이나 마찬가지다.

한겨울, 망아지처럼
뛰어놀다가 와서

전혀 공감 안 되는 말을
하는 아이들.

아이들이 벗어준 외투를 안고 있으면
우선 따뜻해서 좋고,
아이들이 힘껏 뛰어논다는 게
좋고,
나는 추운데 아이들은 더운
이 온도 차가 좋다.

아이들이 입었던 옷을
정리하다가 …

하준이 바지 주머니에서
처음 보는 비타민을 발견했다.

거기 내가 모르는 하준이가 있었다.

우리가 처음 만났을 때
나는 아이에게
세상의 전부였다.

이제는 아이들이 훌쩍 자라
품 안에만 있지 않은데,
어째서 나는
여전히 내가 아는 세계가
아이의 전부일 거라고 생각했을까.

자는 아이에게 말 걸기

새벽에 아이가 자다 깨면
다시 잠든 것 같을 때 괜히 불러본다.

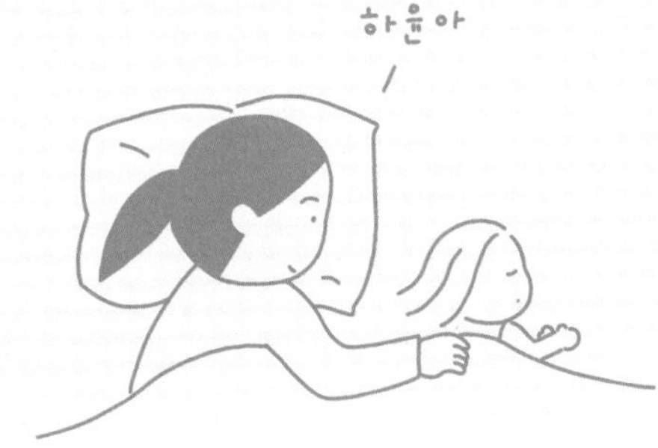

운이 좋으면
아직 잠들지 않은 아이와
짧은 대화를 나눌 수 있다.

엄마가
안 놀아줬어.
놀아주는 시간인데

미안해.
그런데 안 그러면
약속을 지킬 수가 없어.
내일도 일해야 돼

근데 내일까지
하면 끝이야!
그럼...

...일 다 하면
나랑 놀아줄 수
있겠네?
응

z
z
z

3

서로의
집이
되지
않기로
약속해

받아쓰기

어린이집 7세반인 하준이는 일주일에 한 번 받아쓰기를 한다.

지난주에 14급까지 다 봤고 오늘부터 다시 1급 시험이라 자신감 만렙.

덕분에 나도 계획에 없던 선행 학습을 하고 있다.

아이의 100점에 기뻐하지도

40점에 슬퍼하지도 않는
선행 학습.

설거지하기

코로나 거리두기 때문에
삼시 세끼 집에서 먹는 요즘.
식사 후에는 꼭 함께 설거지할 사람을
모집한다.

…대부분 없다.

아이들이 설거지를 안 해주면 그건 기쁜 일인데…
아무도 방해할 수 없는 자유 시간이
생기기 때문이다.

열흘 만에 온 식구가 공원에 갔을 때도…

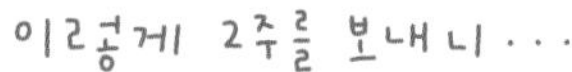

쉬는 시간은 없어졌지만 (조금 아쉽...)

이쪽이 훨씬 기쁘다.
함께하는 시간은 소중하니까.

설거지 끝나고
양치질하고 나와보니
이미 놀이 세팅 완료.
엄마, 이제 버스놀이 하자.
좋아.
바로 그때…

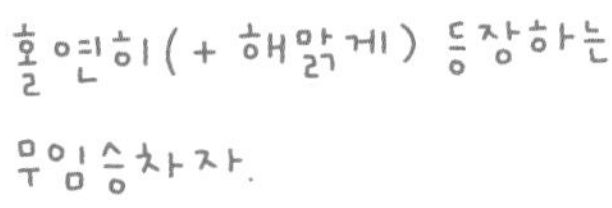
홀연히(+해맑게) 등장하는
무임승차자.

나도 같이 하자!
ㅇㅇ이
그래! 오빠도 손님 해!

자기 주도 학습

코로나19로 온라인 입학한 하준이.
거실에서 과제하는 동안
하윤이랑 나는 방에서 놀고 있었다.

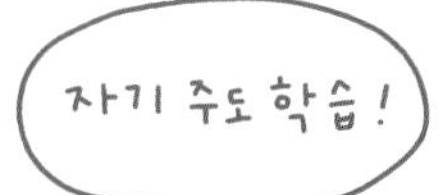

너무 아무 말 칭찬이라
내가 말하면서도
웃겼는데,

몇 초 후...

어디서 굴러다니던 종이접기 주워와서는…

네 번만 놀아줘!

엄마는 왜 나랑 별로 안 놀아줘?
그렇게 생각해? 엄마가 안 놀아 준다고?
아니… 별! 로! 안 놀아준다고.
사실이라서 뜨끔.
하윤이는 마음이 넓어서… 마음에 방이 백 개나 있나 봐.
엄마는 세 개만 놀아줄 수 있는데…
하윤이 마음에 방이 다섯 개만 있으면…
엄마가 네 개는 채워줄 수 있을 텐데…
횡설수설… 알아들었을까?
지금 놀아줘!
이거… 말씀 듣고…
그런데 어떻게 된 일인지,
놀이 기대치가 확 줄어들었다.
그럼 오늘 네 번 놀아줘!
그래! 자기 전에 몇 번 놀아줬는지 세보자!
네 번 이라고?
보통은, '하루 종일 나하고만!' 이라고 하는데…

게다가 기대하는 놀이의 수준도 낮아짐...

••

잠자리에서 오늘 엄마가 몇 번 놀아줬냐고 물으니, 차 타고 가는 중에 대화한 것까지 쳐서 네 번이라고 말해준다. 아침에 침대에서 이야기한 것도 일어나기 싫어서 같이 뒹굴뒹굴한 것뿐인데, '엄마가 놀아줬다'고 하니 특별해졌다. 특별하게 여겨주면 특별한 일이 되는구나.

어제 도로 놀이 정리하는데 자동차가 나오더라!
응…
그래서 내가 자동차를 서랍에 던져서…
응!
들어갔어?
올…
하윤아… ~~장난감 던졌다가 잘못하면 부서질 수도 있어. 그거 니가 좋아하는 장난감 아니야?~~
응?
제일 먼저 떠오른 말은 잔소리 필터로 거르고,
엄마가 궁금한 게 있는데… 자동차 서랍에 던져서 넣은 거… 거기까지 걸어가기 귀찮아서 그런 거야,
아니면 뭔가 던져서 골인하는 게 재밌어서 그랬던 거야?
대신 질문을 해보았다.

던져서 넣는 게
재있어서!
그래?
그러면 다음에
공 던져서 넣는
놀이할까?
응!

우리 집 좋아!

난 우리 집 진짜 좋아. 절대 이사 가면 안 돼.
뭐가 좋은데?
다~
다~ 뭐? 좋은 거 다섯 개만 말해봐.

궁금
음…
궁금

전기가 부족하지 않고

픕…♡

좋은 엄마가 있고

좋은 엄마!!

좋은 동생이
있고
기대
흐
뭇

* * *
* *
좋은 엄마의
충격으로
네 번째
잊어버림…
나는?
몰라~

다섯 번째는?
음…
쥐어짜는 중…
재밌어 !!
충
격
…

아빠는
왜 안 해
~?
아!
좋은
아빠가
있어!
해맑
운전하는
아빠!
순수
ㅋㅋㅋㅋㅋ

어린이날 계획

온라인 수업 중인 1학년
나 엄마랑 놀고 싶은 거 있는데~
엄마 지금 일하는데…

하윤아, 어린이날 계획 세워봐. 그날은 엄마가 일 하나도 안 하고 너네랑 놀아줄 거야.
어! 할래!
꼭 노트에 적어봐.
응!!

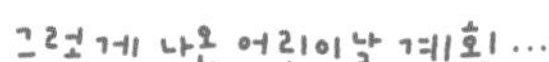
그렇게 나온 어린이날 계획…

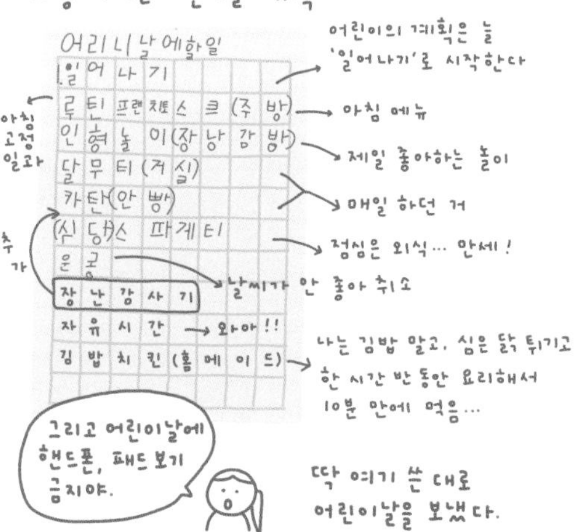
어리니날에할일
1.일어나기
루틴 프렌치토스크(주방)
인형놀이(장낭감방)
달무티(저실)
카탄(안방)
(식당)스파게티
운공
장난감사기
자유시간
김밥치킨(홈메이드)
아침 고정 일과
추가
어린이의 계획은 늘 '일어나기'로 시작한다
아침 메뉴
제일 좋아하는 놀이
매일 하던 거
점심은 외식… 만세!
날씨가 안 좋아 취소
와아!!
나는 김밥 말고, 심은 닭 튀기고 한 시간 반 동안 요리해서 10분 만에 먹음…
그리고 어린이날에 핸드폰, 패드 보기 금지야.
딱 여기 쓴 대로 어린이날을 보냈다.

하루가 끝나고…
어린이날 백 점 만점에 몇 점이야?
백만 점!!
천만 점!!
그렇게 점수가 좋아? 해준 것도 별로 없는데… 엄마 낮잠도 잤잖아.

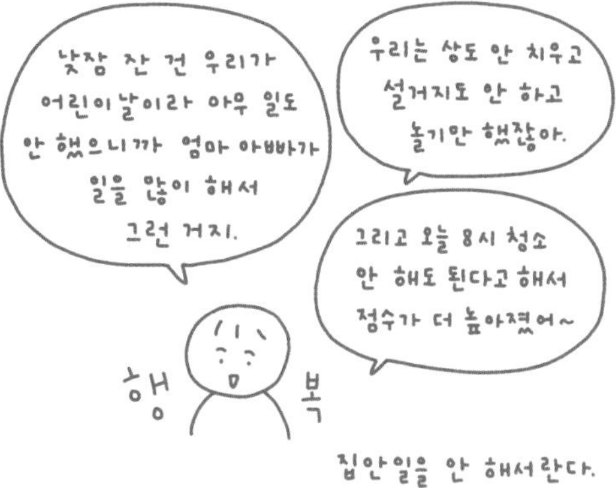

그리고 다음 이벤트를 기다리는 어린이.

집에서 숨바꼭질 & 보물찾기를 한참 했다.

긴바늘 다섯 칸만 쉬어야 돼!

긴바늘 네 칸만 쉴게…!?

아뿔싸!

다섯 칸!

네 칸!

크흡…

그렇게 얻어낸 (소중한) 쉬는 시간에…
보물찾기 하느라 구석구석 뒤지면서 발견한
먼지가 영 신경 쓰여
책장을 닦고 있는 나…

엄마, 쉬는 시간인데
왜 청소해요?
엄마는 그게 문제야.
쉬는 시간에
집안일을 해야 해서.
그럼 집안일 다 하고
그때부터 네 칸 쉬어~
그럴까!?
뭐야 뭐야…
언제부터 그런 게
가능했는데?
그래서 나는…
전기 포트에
물을 올려놓고
괜히 청소기도
한 바퀴 돌리고
위
잉
차와 책을 준비해서,
쉬는 시간 시작을 알렸다.
12
3
6
9
나 이제부터
네 칸 쉰다!
응! 엄마,
긴바늘 8 되면
알려줘!
아니야.
엄마 청소해서
10까지
쉬는 거야~
왜애??!

꿀 같은 긴바늘 네 칸의 시간이 지나고,
약속한 50분이 되었을 때,

코로나 기간 동안 짱친된 남매에게서
돌아온 뜻밖의 대답…

● ●

그렇게 책을 읽고 영화도 한 편 봤다. 그러다가 첫째 신생아 시절 어느 날이 생각났다. 점심을 꺼내놓고도 먹을 틈이 없어 몇 시간이 지나 차가워진 밥을 먹었던 날. 저녁이 되어서야 아침에 돌린 빨래가 세탁기에 있다는 게 떠올라 냄새 나고 꼬깃꼬깃해진 빨래를 탁탁 털어 널었던 날. 아이들은 자란다. 빨리 자란다. 아기 시절이 그리울 때도 있지만 그때로 돌아가고 싶냐고 묻는다면, 아니요….

수업 듣기

격일로 등교 중인 우리 집 1학년.
(지금까지 세 번 갔다)

가방 싸기

엄마, 오늘 선생님이…
엄마가 학교 통신 가방에 안 넣어주셨어?
라고 물어봤어…
왜 그렇게 물어보는 거야?
앗…

보통 1학년은 엄마가 가방을 싸주거든…
넌 대단한 일을 하고 있는 거야. 몰랐지?
왜? 쉬운데?
앞으로 어떻게 할래?
엄마가 싸줄까? 니가 가방 쌀래?
내가!

••

초등학교 준비물은 문방구에서 아이와 함께 샀다. 살 물건을 집어 드는 것도(문구 디자인에 1도 관심 없다는 걸 알게 됨), 이름을 쓰는 것도 아이가 직접 했다. 자기 물건이 어떻게 생겼는지는 알아야 하니까.
네이버 밴드에 올라오는 알림장을 프린트해 함께 보면서 가방 싸는 법, 한 번 더 확인해야 할 내용에 체크하는 법 등등을 가르쳐주었다. 준비물을 찾아서 가방에 넣는 것은 아이가 직접 하고 나는 입으로만 도와준다. 빠뜨린 걸 알고도 모른 척 지켜보려면 조금 애를 써야 한다. 참지 못하고 넌지시 알려주기도 한다. 그래도 노력하고 있다.
목표는 학교 일로 잔소리를 안 하게 되는 것이다. 앞으로 12년 편하고 싶어서 초기 세팅에 공들이는 중.

혹독한 자아비판가.
나… 이런 성격은 좀 이상하지?
마음에 안 드는 내 성격 이야기를 하는데…

사람마다 안 좋은 성격이 다 있어… 괜찮아. 그냥 살면 돼.
싫은데…
괜찮다고 말해주는 남편. 고맙고… (아니라고는 안 함)

아빠, 엄마는 그런 거 싫어해요.
엄마는 마음에 안 드는 거 있으면 고민하는 거 좋아해.
?
맞아!
날 꿰뚫고 있는 아들…

내 맘 알아줘서 고마웠다.
어떻게 알았어?
…
응응

아… 뭐지, 이거…

있는 그대로

사랑받는 느낌…

급하게 나갈 일이 있어
아침 먹은 거 그대로
설거지통에 놔두고…

거실도 그냥 그대로 놔두고…

하윤이 하원은 심에게 맡기고
집에 있던 하준이만
데리고 나갔다가

밤 9시가 넘어 집에 와보니…

식기세척기가
돌아가는 중이고…

청소도 끝나 있었다.

하준이와 내가 늦은 저녁을 먹는 동안
심은 약속된 통화를 하러 가고
하윤이는 거실에
4인분의 이부자리를 폈다.

행복했다.

자유로울 것

나는 아이들에게…

너른 울타리가 되어주고 싶었다.

시원해…

잠시 쉴 수 있는 나무 그늘이…

기댈 수 있는 단단한 바위가
되어주고 싶었다.

그런데
자꾸 무엇이
되고 싶어 하다 보니

내가 무겁다…

그래서 오늘 생각한 건

먼저

내가 자유로울 것.

다른 무엇이 되고 싶은 모든 마음으로부터…

아브라카다브라

엄마,
이거
베!
마법이
이루어졌다!
고마워

마지막으로 하고 싶은 말

엄마 이제
일할 거니까
말 시키지 마세요.
혼돈의
재택근무
환경에
짜증 나버림…
엄마,
사랑해~
크르릉…
아니…
말 걸지 말라고…

엄마도
사랑…
마지막으로
하고 싶은
말이야!
아…

이상한 질문

엄마, 우리 집에서 어린이집 가는 게 더 멀어? 아니면 어린이집에서 우리 집에 오는 게 더 멀어?
우와… 그거 진짜 어려운 질문이다. 엄마는 잘 모르겠는데?
어린이집에서 오는 게 더 멀어!
왜?
우리 집에서 갈 때는 저~기로 가서 사거리를 건너가잖아…
어린이집에서 올 때는?
어린이집에서 올 때는 사거리 지나서 저~기로 걸어오지.
근데 왜 어린이집에서 올 때가 더 멀어?

사거리에서
차가 오면
기다려야
되니까~
집에서 갈 땐
차가 안 와?
아니… 오사…
으아아아 ~~
모르겠어.
엄마가 말해봐.
엄만 진짜
모르겠는데?
이렇게 이상한
질문은 처음 들어봐.
(진심…)
아~!
똑같다!!
저~기 한 번
사거리 한 번
이니까
똑같아!!
아…
그렇네?

사랑 빼고 쓴 편지

하윤이하고 색종이 네 장으로 네잎클로버를 만들었다.
엄마, 내가 여기에 편지 써줄까?
응!
대신 금지어가 있어.
뭔데?
'사랑'.
응?
'엄마 사랑해' 라고 쓰려고 했지?
응.
'사랑'이라는 말을 빼고 엄마를 사랑하는 마음을 써봐. 그게 시인들이 하는 일이거든.
(아무 말)
미션이 너무 어려웠는지 편지 쓰기에 급 흥미를 잃은 어린이.
엄마! 나 이제 편지 못 쓰겠다.
오늘 파이리 생일이라 선물로 네잎클로버 줘야 돼.
(아무 말 2)
그래.

그러고 각자 할 일을
하고 있는데…

갑자기 날아든
한 통의 편지.

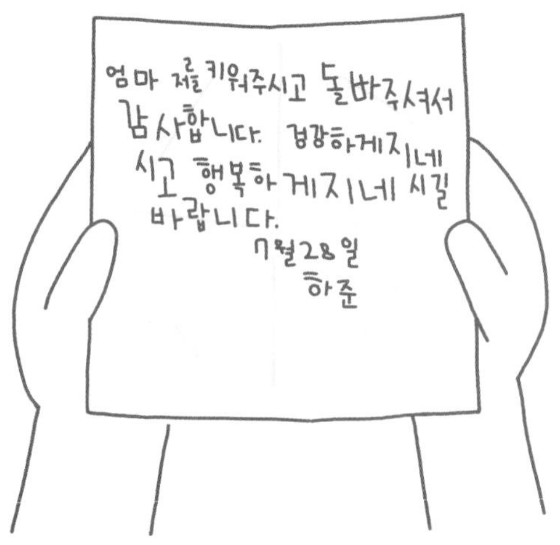
엄마 저를 키워주시고 돌바주셔서
감사합니다. 겅강하게지내
시고 행복하게지내시길
바랍니다.
7월28일
하준

숙제하기

방학 날,
하준이와 함께 알림장을 읽었다.

진짜로 한 번 얘기하면

곧장 앉아서 숙제를 한다.

매일 아침 기분 좋은 구경.

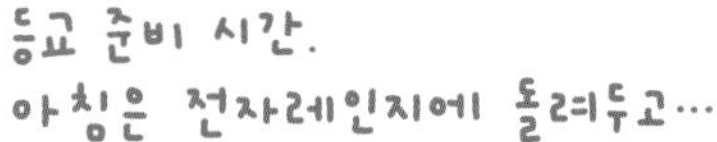
등교 준비 시간.
아침은 전자레인지에 돌려두고…

하준아.
너 손톱 길잖아. 지금
손톱깎이 가져오면
엄마가 깎아줄 수 있어.
알았어.
휴… 드디어 깎을 수 있겠군.
아들 사람 손톱…

아이들 손발톱을 깎아주었다.

삐
삐
삐
삐
또각
또각

하준아, 찹쌀 파이
다 데워졌는데
꺼내 먹을래?
어…
생각해볼게.

생각했는데
왜 액션 없음…?
또각
또각

상을 차리고 아이를 부른다.

안 들리나 봄.

다시 제대로. 이번엔 대답을 들었다.

내가 할 일은 여기까지.

방에 들어와 옷을 입으며
혹시 일어날 일에 대비해
대사를 준비했다.

잠시 후 하준이가 아침을 먹기 시작해서
내가 준비한 말은 쓸모가 없어졌는데,
이번엔 동생 하는 일 다 참견하며
세월아 네월아…

준비를 마치고
시계를 보았을 때
이 아이가 출발 시간을 정해놓고
있었다는 걸 알았다.

문밖에 나서는 데 5분이 더 걸렸다.

할 수 있는 일

먹구름으로 어두컴컴한 오후.
이런 날씨는 처음이야.
엄마도 이런 날씨 처음 봐…

왜냐면, 우리는 기후 위기 시대를 살고 있으니까…
이런 세상에 태어나게 해서 미안해…

아니야. 옛날에도 사람들이 많이 죽을 때가 있었잖아.
맞아, 전쟁도 일어나고 전염병에 걸려도 지금처럼 치료도 못 받고,
아이 앞에서 절망을 말하지 말 것.

근데 우리나라 사람이 전~부 다 환경을 지켜도 우리는 너무 작은 나라니까… 큰 나라에서 그렇게 해야 되는데…
큰 나라? 중국이나 미국 같은?
러시아!

••

혼자 그렇게 해도 세상은 안 바뀐다는 말을 자주 듣는다. 진짜로 그럴 수도 있다. 하지만 2120년까지 이 지구에서 살아야 할지도 모르는 아이들에게는 너무 가혹한 말이다. 내일 지구가 멸망한대도, 사과나무는 못 심을지언정 플라스틱 쓰레기를 하나 덜 만들 수는 있다. 인류애는 없어도 모성애는 있는 나는, 2120년을 생각하니 뭐라도 해야겠다. 아니, 뭐라도 안 해야겠다. 그래서 매일 결심한다. 고기를 조금 덜 먹자고, 배달 음식을 주문하지 말자고, 텀블러가 없는 날엔 테이크 아웃 커피를 마시지 말자고.

같이 하자

하윤아, 내가 잘하는 다이아몬드 게임이랑
니가 잘하는 달무티 같이 하자.
저렇게 말하면 해주나?
풉…
좋아!
안방 가서 하자.
응.
오호…
아이들이 노는 소리를 듣고 있으면
내가 매트 깔게.
응!
언제 이렇게 컸나 기특하기도 하고 앞으로 내 역할은 무엇일지 쓸쓸해…
엄마, 준비 다 됐어! 이제 하자!!
나도 같이 하는 거였어?
…하기는 좀 이르고요.

새 유치원에 가기 싫다 하여 가정 보육 중인 하윤이.

나 조금
유치원에
가고 싶어.

하준이는 음식을 오만 데
다 흘리고 묻히면서 먹는 편이다.

같은 음식 먹어도 이 지경…

가끔 귀나 팔뚝 등 희한한 곳에
음식이 묻어 있기도 한다.

오늘 저녁 식사 때도
얼굴에 초고추장이 묻었는데…

스스로 얼굴을
닦다니!!!
처음 있는 일

너 얼굴에
음식 묻은 거
느낌이 나?
응.
밥 먹다가 얼굴도 닦고
하준이 많이 컸다.

내가 큰 게 아니고
엄마를 사랑하는 마음이
커진 거예요.
엄마 좋으라고
닦은 거야?
요 녀석 ...

고진감래

하준이랑 도서관에 갔다가
열네 정거장을 걸어서 돌아왔다 (오늘의 미친짓).

걷다가 붕어빵 먹고 ...

길 잃고 ...

넌 모르는 게 없구나 ...

또 먹고,

우린 빨리 먹고
가야 되니까
카페 말고 맥도날드

걸을 수 있는 만큼만 걷자더니,
집까지 걸어왔다.
(두 번 길 잃음…)

집 근처에 와서 하늘 보고 감탄하니,

고진감래라고 한다.

쓰고 보니 고진감래는
이 아이에게 해줄 말이다.
자기도 아직 아기일 때
동생이 생겨 일찍 엄마 품에서
내려와야 했던 아이.

그랬는데 초등학생이 돼서
하교 후 동생 하원까지 세 시간이나
엄마와 단둘이 보낼 수 있을 줄이야
꿈에도 몰랐지.

엄마 자랑

자, 잘 시간이 됐으니까 오늘은 엄마 자랑을 해보자. '우리 엄마는 …' 시~작!
나나! 나 할래. 우리 엄마는 좋을 때도 있고 안 좋을 때도 있어요.
그건 자랑이 아니잖아 ㅋㅋㅋㅋ
맞네 ㅋㅋ
음… 우리 엄마는 하고 싶은걸 하게 해주고 먹고 싶은거 해주고 가끔 놀아줘요.
가끔? ㅋㅋㅋㅋ
어, 가끔.
이제 내 차례야. 우리 엄마는 내 말을 잘 들어줘요. 자기 말보다 내 말을 더 잘 들어요.
바른 자세로 말을 들어요.

기억나는 건 여기까지다.
아이들이 동시에 너무 빨리 말해서
잘 알아듣지 못했다.
핸드폰으로 녹음할까도 잠깐 생각했는데,
다 기억하지 못하더라도
이 즐거운 한때를 멈추고 싶지 않았다.

내가 엄마 역할을 잘하고 있는지 모르겠다고
여기저기 많이 말하고 조언도 들었는데
정작 나를 '엄마'라고 부르는 아이들의 말은
안 듣고 있었다.
아이들이 나를 좋은 엄마라고 부르는 것을
믿기로 했다.

기분 좋은 밤이다.

불안 덮어주기

내일 드디어
새 유치원에 등원하는 어린이.

등원 서류 쓴 이후로 매일, 매시간
'긴장 돼' 무한 반복.

내가 해줄 수 있는 건…

없지만.

등대

나는 아직도 아이들을 양옆에 끼고 자는데…

(불편하고 따뜻하다)

아이들이 서로 자기 보고 누우라고 아우성.

그런데 하윤이는…
벽 보고 자는 타입.

마주 보고 누웠다가도

답답해서 곧 뒤돌아 눕는다.

그럼 나도 하준이 쪽으로 돌아눕는데,
왠지 미안하니까
이름을 붙여주었다.

'등 대'라고.

등을 최대한 넓게 붙이는 게
포인트.

같은 자세여도

'오빠 보고 자는거'랑
'등 대고 자는거'는
큰 차이가 있다.

좀더 연결된 느낌.

사실 엄마와 붙어 자고 싶다는 건
잠자리 의식 같은 거고,
막상 잠들 무렵엔 다 멀리 떨어져 잠...

준비물

엄마, 내일 찰흙 판 가져가야 돼요.
그래? 문방구 가서 사야겠네. 지금 가자. 같이 가줄게.
아~ 나 놀고 싶은데… 엄마가 사다주면 안 되겠지?
그건 안 되는데?
그럼 내일 학교 갈 때 사가자!
!
안 돼. 그럼 아침에 엄청 일찍 나가야 되는데 하윤이 그렇게 일찍 준비 못해.
아… 그러면 어떡하지?
음~ 집에 찰흙 판 할 만한 게 있을 텐데…
오 예!
안 나간다

하준이는 불확실한 걸 불안해한다.

하지만 귀찮은 건 더 싫지…

다음 날, 걱정 가득한 등굣길.

물론 괜찮았고 말고다.
찰흙 판을 든
아이들 사이에서
혼자 쟁반 들고 나오는
하준이를 보니 웃음이 났다.

몇 주 후,
내일 찰흙 판
가져가야 돼요.
쟁반 가져가면
되겠다.
응. 집에 있는
찰흙 칼도
가져가.
알림장
아이패드로 확인
필요
없어요.
찰흙 칼
가져…
없어도
돼요.
그래…
이제 알아서 쟁반 가져감…

내 마음 좁지만

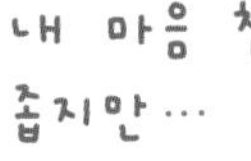

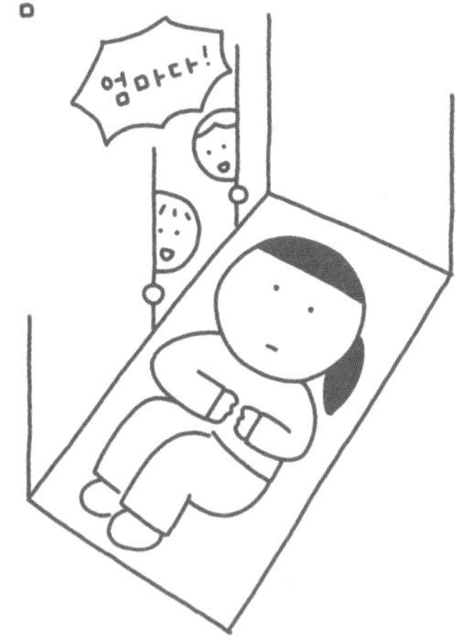

아이들은 더
작다.
-라고 생각하며
하루를 보냈다.

화를 안 내는 대신
슬픈 얼굴이 되었다.

어쨌든
지나간 하루다.
잘 가.
오늘 안녕.
다시 만나지
않을 테니
참 좋구나.

••

'아이들은 이렇게 작은데…'라고 종일 생각했다. 어른이 아주 쉽게 감정을 쏟아부을 수 있고, 그럼에도 어른 곁에 있을 수밖에 없는 작은 아이들. 원망과 미움이 일어나려고 할 때 속으로 삼켰다. 그랬더니 슬픈 얼굴이 남았다. 내일은 잘 비웠으면 좋겠다. 푹 자고 개운하게 일어나야지. 내 곁에 아이들이 있으니까.

같이 놀기

일하는데 자꾸 같이 놀자는 하윤이.
엄마, 나랑 같이 놀자.
지금 이거 해야 하는데?
점심 먹고 놀 수 있어.
힝… 알았어.
급한 일은 아니지만 내 시간 지키고 싶다.
이번엔 하준이.
엄마, 이거 접어줄 수 있어요?
지금 이거 해야 돼…
점심 먹고 접어줄게.
네…
하윤이한테 못 놀아준다고 해놓고 하준이만 해주면 안 되겠지…?

방금 종이접기 해주고 싶었어.

하윤이가 놀아달라고 할 땐 싫었는데 하준이는 왜 해주고 싶지?

내가 하준이 더 좋아하나?

하윤이가 알면 서운하겠다…

점심 먹고 누구랑 먼저 놀아줘야 되지?

그런데 곧
까닭을 알게 됐으니…

그냥 내가 좋아하는 걸
하고 싶은 것뿐이었다.

하윤아, 내가 왜 종이접기 하고 있는지 알아?
오빠가 접어달라고 하니까?
그야 그렇지. 근데 다른 이유도 있어.

오빠를 좋아하니까?
오빠를 위해서?
아니… 내가 종이접기 좋아하니까. 아까 니가 피아노 치자고 할때도 엄마가 바로 해줬잖아. 하윤이랑 노래하고 피아노 치는 거 좋아하니까. 우리 둘 다 좋아하는 놀이는 더 많이 할 수 있어. 역할놀이는 엄만 좀 힘들어. 그래도 니가 좋아하니까 조금 해볼게.

조건 없는 사랑

하윤이에게 책을 읽어주다가

잠깐 볼일 보러 나갔다 왔더니,

그 모습이 그렇게 예뻐서
사진을 다 찍었다.

사진 찍으며 그런 생각을 했다.
누가 부모의 사랑이 조건 없는 사랑이래.
내 사랑 겁나게 조건적이구먼…

둘이 놀고 있을 때
혼자 책 읽을 때
나 낮잠 재워줄 때
식사 시간에
대화할 때
…

아침밥 남겼을 때
청소 안 할 때
불렀는데 대답
안 할 때
…

심지어 유치하기까지.

그래서 오늘 생긴 내 장래희망은 ...

조건 없이 사랑하기.

언젠가 끝날 어린이의 시간을 위해서

4

줄넘기 연습

쿵!

쿵!

두 팔 벌리고
쿵쿵 뛰며 줄넘기하는 어린이

그리고 엄마의 잔소리.

남 일 같지 않은 선배 맘.

근데 진짜 몇 주 지나니까
팔이 내려오고
점프도 점점 낮아지는 중.

하준이에게 쿵쿵이 시절
줄넘기하는 모습을 찍은
동영상을 보여주니 이런다.

맞아, 어설픈 시절
지나고 보면 웃기지.

나도 웃긴다.
뭘 그렇게 잔소리를
하고 그랬대.

아이는 자란다.
자랄 수 있는 자리를
아직 많이 가지고 있다.

나도 자랐으면
좋겠다.
지난날엔 좀
웃겼다고
가볍게 말할 수 있게.

엄마!

슈퍼에 가고 있는데,
누군가 엄마를 부른다.

학교 지금 끝났어?

놀이터에 갔다 왔어.

엄마 슈퍼 가는데 같이 갈래?

이거 내가 만든 거야

잠바 들어줘.

응!

찰흙으로 만든 메달을 목에 걸고
멀리서 나를 '엄마!'라고 외쳐 부르는
어린이의 손을 잡고 걸었다.

포근한 오후였다.

이모 사랑

난 이모랑
둘이 잘 거야.

나는 다람쥐보다
이모가 더 좋아!
우와~
진짜?
다람쥐
왜?
하윤이가
다람쥐 엄청
좋아하는데
이모가 더 좋다고
하니까.

인형이랑 사람
중에서는 사람이
더 좋은데?
근데
사람이랑 사람일 땐
어려워.
엄마랑 이모 중에
더 좋은 사람 고르는 건
어려워.

…라고
하윤이가
그랬어~
흐뭇..

종이접기

엄마, 카르노타우루스 27번까지만 접어주세요.
완성은 222번...
하준이가 부탁한 종이접기를 하고 있는데
엄마가 완성하는 거 아니라고 빨리 하는 거 아니죠?
노심초사
세탁기에서 빨래 엔딩 송이 흘러나온다.
하준아, 빨래 좀 꺼내 올래? 이불 하나뿐이야.
내가요?
너 아니면 내가 해야지...
내가 할게! 엄마는 접고 있어!
읏챠..
(내가 종이접기를 좋아하는 이유)
꺼내지만 말고 좀 널어줘~
네에...
고마워~
끝없는 보조선 접기...

내가 엄마니까
해준다.
뭐래…
귀여워…
그게 무슨
말이야?
엄마가 왜?
…
다음엔
질문 말고
감탄해야지…
근데 그게
어떻게
해주는 거야.
우리 집 이불이니까
니가 널 수도 있지.
맞네.
헤헤
맞대…
빠른 인정
귀여워
27번까지
다 했어!
와!
고맙습니다.
후일담
이불은 건조대에 옮겨서
다시 널었고,
꾸깃
꾸깃
하준이는 222번까지
있는 종이접기를
끝까지 다 접었다.
두
둥!
꾸깃
꾸깃

어떻게 어린이를 때려요?

- 2년 전 어느 기념품 가게 -

밥상 앞에서 아이들이 회초리로 장난치길래

맞으면서 자란 우리 어린 시절 이야기를 해줬다.

••

하준이가 다섯 살일 쯤에 두어번 때린 적이 있다. 손바닥으로 아이의 조그만 등을 스매싱… 매 주제가 나오면 하준이는 이 이야기를 꼭 한다. 꼭. 절대 그냥 넘어가는 법이 없다. 아이는 언제 어떻게 왜 맞았는지는 모르고 맞은 것만 기억한다. 나는 이유를 알고 있는데, 당연히 아이 잘못이 아니었다. 아이는 잘못 같은 건 안 한다. 그냥 잘 못하는 것뿐이었는데.

올해부터 하준이가
자기가 먹은 그릇과 수저를
직접 설거지하기로 했다.
(아홉 살 기념)

하준이가 그릇 씻는 동안
싱크대 옆에 나머지 그릇 쌓아두었더니
다 씻어버린 날도 있다.

하나를 하면
둘을 기대하게 되는 법.

집안일을 언제부터 얼마나 시켜야 할까?

내 기준은 내가 시키고 싶을 때,
혹은 아이가 하고 싶어 할 때,
감당할 수 있는 만큼.
요리놀이 같은 건 진즉에 포기했다.

내 비록 멍석은 못 깔아주어도,

그런데 아이들이 자라니
놀이 프로그램으로서가 아니라
사람 사는 일의 일부로
부엌일을 할 수 있게 되었다.

내가 남은 반죽을 섞는 동안
하윤이는 바닥에 쏟은 반죽을 쓸어 모았다.
(쓸어 담는 건 내가)

뜻밖의 소득은
필요해서 하는 집안일이
우리가 함께하는 시간이 되어간다는 것.

어린이의 물건은 어린이가 고른다

유치원 졸업식 꽃다발을 아이에게
직접 고르라고 했다.

하윤이가 고른 건 꽃집에서
가장 작은 꽃다발이었다.
(그리고 가장 저렴)

본인 사이즈에
맞춰 산 듯…

힘 있게 각 잡힌
저학년 가방이
아니라
흐물흐물한 형태다.

입학 책가방도
직접 고르라고 했더니,
역시나 나라면
사지 않았을 것으로.

우와…
이거 살래!

상품명이 소풍 가방이라 돼 있다.
불안하지만 (후기0)
사이즈가 책가방과 같아서 주문.

앞으로 아이 물건은
직접 고르라고 해야겠다.

… 이런 어른의 마음을
걷어낼 수 있다.

내가 엄마라서 어떡하지?

새벽에 잠이 깼다.
다시 잠이 올 것 같지 않아
거실에 나왔다.

우리 집에 초등학생이 둘.
내가 엄마라서 어떡하지?

어제 가방에 준비물을 챙기던 중
하윤이가 툭 뱉은 '지쳤다'는 말이
마음에 걸린다.

나 때문에 학교가
싫어지면 어떡하지…?

뭐라도 해주고 싶어서
괜히 한밤중에
하윤이 가방끈
정리해놓고,

우울…

하준이 가방
이름표 새로 써주고
인터넷 쇼핑하고
일기 쓰고, 빨래 개고
그러다가 아침이 되었다.

아이들을 깨운다.

어제 입학하고 두 번째 등교.
유치원 갈 때랑 별로 달라진 게 없다.

아이들은…

…씩씩했다.

괜한 걱정이었다.

물론 긴장도 했다.

문제는 늘 있겠지만
아줌마들이다. 우리 지각인가?
아니야. 안 늦었어.
나 필통 챙겼나?
확인 해줘?
아니.
앞으로
지각 안 돼~
내일부터 오빠랑 둘이 갈 거야?
아니… 엄마도 같이 가.
오빠는 나랑 같이 안 가잖아.
걸어나가리라.

모으는 때

엄마, 오빠 방과 후 하는 날에 나 데리러 와.
알았어.
오랜만에 하교 도우미 당첨.

교문 앞에서 기다리다가
엄청 큰 목소리로 불렀는데
하윤아!
안녕 하세요.
어?엄마.
별로 안 반가워함.

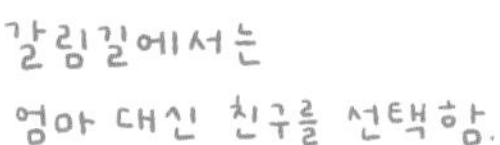
갈림길에서는
엄마 대신 친구를 선택함.

엄마 안경 고치러 갈 건데 같이 갈래?
가… 가가. 엄마, 얼른 가.
황급히 보내버림…

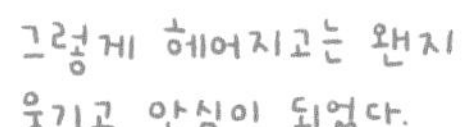
그렇게 헤어지고는 왠지
웃기고 안심이 되었다.

육아는 끝이 없다고 하지만 어떤 부분은 결국 끝나 버리겠구나.

어린아이와 함께 있는 시기는
잃어버리는 세월이 아니라
오으는 때인 거 같다.
아이가 한걸음씩
나를 떠날 날들이 궁금해진다.

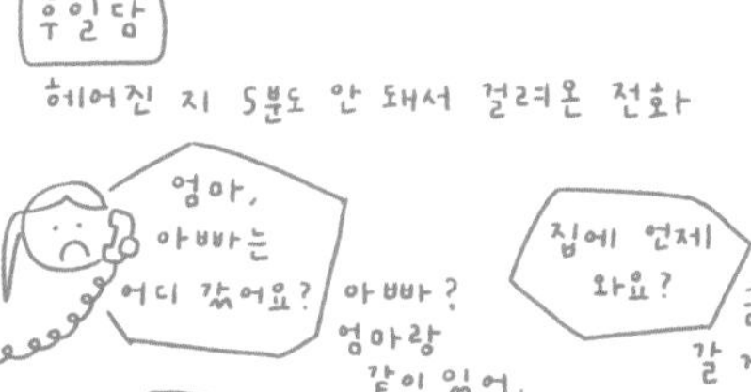

한마디씩 칭찬해주기 하자더니
나에게 하는 말.

오후 내내 나의 (대책 없는) 모자람을
한탄하며 우울하게 보냈기 때문에
그 말을 믿을 수 없었다.

그리고 또 들은 칭찬은
살면서 한 번도 들어본적 없는 말들…

나는 칭찬을 못 믿는다.

그런데 오늘 들은 말은 뭐랄까

칭찬은 믿는 게 아니라

받는 거구나 ···

안부

기분 똥이었던 하루…

엄마, 오늘 좋았던 일은 뭐야?

장봐놓고 저녁 배달시켜 먹고…

오늘 좋았던 일 없는데?

하루 종일 비 오고…

아~

…

…

아! 엄마 좋았던 거 있었어!

뭐?

저녁밥
맛있었고,
비 많이 와서
드디어 장화 신고
외출했어.

장화 7월에
샀는데
신는 데 오래
걸렸네요.
피식
오늘의 진짜 좋았던 일은
아이가 나에게
안부를 물어준 것.

기다리는 마음

1.

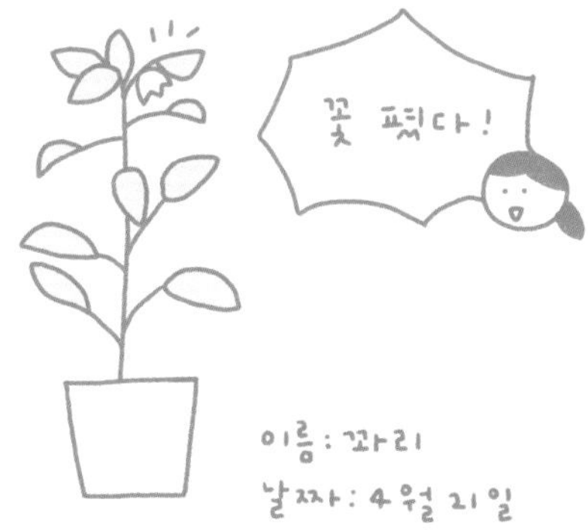

방과 후 수업에서 받아온
꼬리고추 모종.
하윤이가 매일 물 50밀리리터씩 주며
키우고 있는데
드디어 꽃이 폈다.

달력에 꽃 핀 날을 표시해줬다.

2.

지난주부터 기다려온 운동회.

전날까지 운동회 예고 무한 반복

그리고 대망의 디데이.

3.

우연히 알게 된 포켓몬 빵 입고 시간.

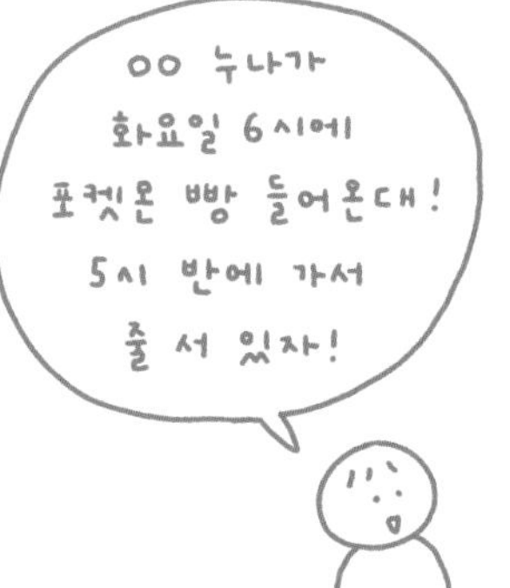

시간 맞춰 마트 빵 코너를 찾아 달려가

초조하고 설레는 마음으로 집에 오는 길이 참 좋았다.

놀이를 하는데
하윤이가 룰을 잘못 이해하고 있어서
뒤에서 계속 알려줬더니
엄마 때문에 하기 싫어졌다며
버럭 신경질을 냈다.

얼마 후에 나에게
사과하러 온 아이...

엄마,
미안해.

아이가 갑자기 신경질을 부렸으니
사과하는 게 맞다고 생각했다.

하윤이가 왜 화났는지도
이미 다 알고 있었다.

그러면 된 걸까?

하윤아…
엄마 혼자만 말하고
니 얘기는 하나도 안 들었네…
아까 같을 때 엄마가 어떻게
해주면 좋겠어?
아무 말도 안 하고
보기만 했으면
좋겠어.
아이 말을 듣지 않은 게 부끄러웠다.

니가 규칙을
잘못 이해해서
틀리고 있을 때도
보고만 있으면
좋겠어?
응.

엄마가 알려주면
더 잘할 수 있을 때도
아무 말도 하지 마?
응.

알았어.
앞으로는 하윤이가
놀이할 때
아무 말 안 하고
보기만 할게.
아까는
미안했어.
나도 화내서
미안해.

아이가 원하는 걸
모두 들어줄 수는 없다.

내가 해주고 싶다 해도
뭐든 다 해줄 능력도 없다.

그런 이유로,
아이가 무엇을 원하는지 만큼
무엇을 싫어하는지를 아는 것도
내겐 중요한 정보다.

아이들이랑 보드게임 하다가
하윤아, 니 차례야.
아~ 이제 가야 돼~
아쉽
갔다 와서 계속하자~
하윤이는 학원 가고,
하준이랑 단둘이 남았다.
나는 저녁 준비하고, 어린이는 논다.
중얼
중얼
하준아, 냉장고에서 당근이랑 파 좀 꺼내줘.
놀다가 심부름도 하고요.
네!
벌
떡
끝!
밥 다 하고 앉아서 책 읽는데…
조용~

••

나는 마음이 종종 다른 곳에 가 있어서, 아이들의 이야기를 들으려면 집중하기 위해 특별히 노력해야 한다(노력하지 않으면 어느새 아이들이 내 등 뒤에서 말하고 있다…). 이런 식이라면 우리가 나누는 이야기가 점점 줄어들겠지 싶어 조금 슬펐다. 그런데 조용히 있고 싶은 사람에게 각자 보내는 시간이 늘어나는 건 슬퍼할 게 아니라 기뻐할 일 아닌가? 나의 슬픔은 아마도 '내가 아닌' 다른 특별한 엄마가 되고 싶은 마음 때문인 것 같다. 어쩌면 마음 가는 것 이상으로 애쓰지 않아도 괜찮을지 모른다.

독립

저 멀리서 축구하는
한 무리 남자아이들 발견.

돌아서서 그냥 집에 갔다.
아이의 독립을 생각하며 걸었다.

집에 돌아와서
하윤이와 둘이 떡볶이를 먹고,

하준이는 한 시간이
더 지나서야
집에 왔다.

마침 떡볶이가 있다는 게
참 좋았다.

아이들과 잠자리를 분리한 지 두 달

여전히 밤마다 나에게 재워달라고 조르지만 두 아이는 원하는 것도, 전략도, 성공률도 다르다.

원하는 것 : 엄마랑 같이 자기

전략 : 아몰라 엄마 옆에서 자고 싶어

… 성공 확률 0%

원하는 것 : 엄마가 재워주기

전략 : 엄마가 어디까지 해줄 수 있나 간 보기

① 엄마는 책 읽어주는 걸 좋아한다.

② 엄마는 피아노 치는 걸 좋아한다.

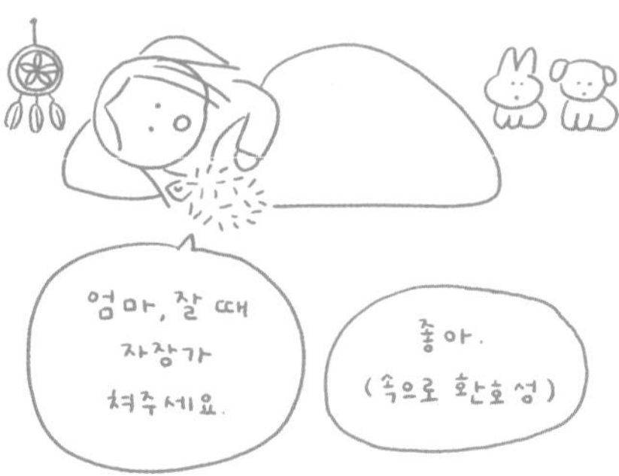

성공 확률 100%

우리 집 피아노는

아이들 방문 바로 밖에 있다.

전자 피아노 볼륨을 작게 하고

동요집을 한 장 한 장 넘겨가며

조용한 곡만 골라서 자장가 삼아 들려준다.

〈반짝 반짝 작은 별〉

〈고향의 봄〉

〈누가 누가 잠자나〉

〈반달〉 같은 곡…

몇 곡 치고 나면 아이들은 금세 잠이 든다.

원래도 말없이 누워 있었지만

아이들이 잠들면 뭔가 달라진다.

숨소리의 밀도 같은 게.

뭔가 있던 게 사라진 것 같다.

숨소리는 들리지도 않지만

왠지 신비로운 느낌.

아이들은 이미 잠들었지만

괜히 모차르트 자장가를 몇 번 더 친다.

창밖에 귀뚜라미 소리가 들린다.

네가 여유 있는 이유는

매일의 등교 준비.
옷 입고
수저, 물병 챙기고
가방 싸고...
아침 먹을 때면 보통 7시 50~55분 사이가 된다. 그런데 오늘은...
밥 다 먹었는데 37분밖에 안 됐어!
오늘 뭔가 여유 있어~ 시간 있으니까 머리 땋아줘.
그래.
근데... 니가 왜 여유 있는지 알아?
몰라?

니가 여유 있는
이유는!
아침 먹은 그릇을
치우지 않았기
때문이지.
아하하…
머리 다 묶고
치울게.
그리고 또
니가 여유 있는
이유는!
양말을 꺼내고
서랍을 닫지
않았기
때문이고,
헉..
가방에서 꺼낸 종이랑
잠옷을 정리하지 않고
방바닥에 놓았기
때문이고…
머리를 빗고
빗을 여기에 두고
가려고 하기
때문이야.
ㅎㅎ
다
치웠다!
응!
더
해줄까?
아오…

니가 여유 있는 이유는!
준비물 주머니를 꺼내기만 하고 서랍은 안 닫았기 때문이고
읔…
주머니가 튀어나오게 서랍을 대충 닫기 때문이야.
음, 그런데도 여유가 있네.
그건 오늘 니가 부지런히 준비했기 때문인가 봐.
근데… 세수는 했어? 양치는?
안 했어…
야…

아빠 없이 우리끼리 보내는 토요일.
의욕은 앞서지만,

체크1 내가 가고 싶은가?

☑ YES

놀이공원 나들이는 엄마의 고강도 체력을 요구한다. '내가 가고 싶은지' 혹은 '내 한 몸 불살라 오늘 하루 희생할 몸과 마음의 준비가 됐는지' 확인해보자.

놀이공원에서는 잠깐의 즐거움을 위해 오랜 시간 인내심이 필요하다. 아이들을 데리고 가기 전에 몇 가지 체크해본다.

체크2 오늘은 평일인가? ☑ No

우리 아이가 몇 분까지 줄 서기를 참을 수 있을지 모른다. 가능하면 평일에 가자.

기어이 주말에 가야 한다면…

체크 3 아이가 가기를 원하는가? ☑ No

싫다는 아이 구슬려서 데려가면, 놀이 기구 탑승 차례를 기다리다 지친 아이를 달래는 건 내 몫이 된다. 주말에 그런 스트레스를 자초할 수는 없으므로 오늘은 놀이공원에 갈 수 없…

…다고 했더니 하윤이가 삐졌다.

아이들 둘 다 마음을 바꿀 기미가 안 보여서

달래기를 포기하고 각자 놀아야겠다 하는 순간

갑자기 극적 타결.

미련 없이 놀이공원을 나올 수 있는 안전 장치는 연간 회원권을 끊는 것. 다섯 시간 줄 서서 놀이 기구 다섯 개 탔지만 신나는 기억만 안고 돌아왔다.

캠핑

캠핑 중. 아이들과 묵찌빠를 하다가
그냥 하기는 좀 심심해서 -

그렇게 하준이랑 나는 토마토를 우적우적 먹고
하윤이는 그냥 묵찌빠만 하던 중에,

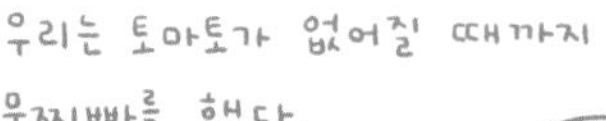

하윤이가 토마토를
먹기 시작했다.

우리는 토마토가 없어질 때까지
묵찌빠를 했다.

다음 날 아침

그 하루로 하윤이가 토마토를 즐겨 먹게
되진 않았지만

매일 한 번씩 토마토를 '맛보기'할 수 있게 되었다.

토마토를 맛본 날은 스티커를 붙인다.

스티커는 열네 개. 2주 플랜.

좋은 말로 하는 사람

저녁 먹은 거 치워줘— 설거지하게—
네!
잠시 후…
상 치워줘!
세 번째 하는 말…
좋은 말로 할 때 안 치우면…
좋은 말로 할 때 안 치우면!!
계속 좋은 말로 한다~!

또 잠시 후

투명한 마음

삐져서 침대에
누워 있었다.

왜 삐졌는지 아는데
나도 달래줄 여유가 없어서

'잘 자'라고 하고
방을 나와버렸다.

나도 삐질 만한 이유가 있었다.
(그게 아이에게 화낼 이유도
되는지는 모르겠지만)

하지만 해가 질 때까지
분을 품지 말라고 했으니까
다시 갔다.

나는 아이를 둘이나 키우면서도
속상한 아이를
기분 좋게 하는 법은
모르겠다.

하지만 아이에게만큼은
자존심 세우지 않고
하려고 마음먹은 말을
그대로 할 수 있다.

내 아이들 말고는
아무에게도 이런 식으로
다가가본 적이 없다.

몰라.

빼꼼

너무 오래 화내지 않으려고...

그리고 아마도
내가 그렇게 진심을 말할 수 있는 용기는
아이들이 투명하게 내 마음을 받아줄 거라는
믿음에서 나오는 것 같다.

아이들은 이리저리 재지 않는다.
사랑을 주면 언제든 듬뿍 담으려고
늘 준비되어 있다.

돕는 사람

아이가 초등학생이 되고 보니,
자식이 내 뜻대로 되지 않는다는 말이
실감 난다.

내 뜻대로 안 되는 자식이라는 건,
나의 할 일이…

물 주는 것이라는 뜻이겠지.

아이를 키운다는 핑계로
너무 자주 나무란다.

똑바로 자라!

시키는 사람이
아니라

돕는 사람이
되고 싶다.

에필로그
같이 가자

이른 아침,
문밖에서부터 느껴지는 인기척.

보일러 안 튼 방에 혼자 있다가
아이들 침대에 누우니
방도 어린이의 체온도 따스해서 좋았고,

작가의 말

아이들이 막 잠든 다음이나 학교에 가고 나면, 아무도 없는 거실 책상에 앉아 그림일기를 그립니다. 조용한 공간에서 아이들과 나눈 이야기를 그리고 있으면 방금 헤어진 아이들이 보고 싶어져요. 굳은 표정으로 모질게 한 말들이 후회될 때는 얼른 다시 만나 웃는 얼굴로 실수를 만회하고 싶고, 좋았던 순간을 그릴 때는 아이들이 너무 사랑스러워서 당장 달려가 꼭 안아주고 싶어요. 그림일기를 그리는 일은 저를 좀 더 다정한 사람이 되게 합니다. 그런 다정함은 그림일기가 CCTV를 통해 나를 보는 듯한 거리감을 만들어주기 때문에 생기는 것 같아요. 시작할 때 마지막 페이지를 어떤 문장으로 마칠지 미리 계획하지 않거든요. 떠오르는 대로 한 장씩 이야기를 따라가다 보면, 변명으로 끝내는 대신 스스로를 나무라기도 하고, 당연하게 여겼던 것들이 특별하고 소중한 것임을 깨닫기도 해요. 아침에 일찍 일어난 아이가 침대 옆자리로 파고드는 것, 하교한 아이가 현관문을 벌컥 열고 들어와 “엄마, 나 왔어!” 하고 외치는 것처럼 평범한 일상들이 선물 같은 순간으로 느껴집니다. 헤어져도 곧 다시 만날 수 있다는 것에, 이전보다 조금 더 다정할 수 있는 기회가 또 한 번 생겼다는 것에 감사하게 돼요. 힘껏 껴안고 볼을 마구 비비고 거침없이 사랑한다고 말하는 게 민망하지 않은, 아직은 어린 아이들과 함께하는 날들이 참 소중합니다.

아이와 헤어진 다음 반성하고, 재회를 고마워하는 까닭은 제가 엄마 역할에 지나치게 몰두하기 때문인 것 같아요. 저는 완벽한 엄마가 되고 싶었어요. 애초에 실현할 수 없는 기대란 걸 알면서도 부족함 때문에 속상해지는 건 어쩔 수가 없었어요. 첫째에게 이 이야기를 했더니 "엄마는 그거 뭐지, 인스타… 인스타그램을 너무 많이 보는 게 문제야"라고 해요. 하하, 똑똑한 아이죠?

저는 불평이 많은 사람입니다. 세상을 향해서도 저 자신을 향해서도 도무지 만족할 수가 없었어요. 언제나 더 나은 내가 되고 싶고 더 나은 환경에 살고 싶어서 현재의 나도, 가족도 사랑하기가 어려웠어요. 그런데 책으로 만들어진 그림일기를 다시 읽으면서 아이들은 언제나 나를 '좋은 엄마'라고 말해왔다는 걸 알았어요. 아이들은 제가 스스로 단점이라고 말하는 것을 그저 나라는 사람의 특징으로 여깁니다. "왜 그래?" 하고 물을 때에도 비난 대신 아끼는 마음과 호기심을 담아요. 제 눈에는 마구 지적하고 싶은 부족한 아빠의 모습도 아이들은 좋아합니다. 아이들이 좋다고 하는데 제가 어떻게 남편의 아빠 노릇에 대해서 불평할 수 있겠어요. 아이들의 시선은 부족함을 충분함으로 바꿉니다. 우리는 아이들의 사랑 덕분에 좋은 부모가 되었습니다.

엄마가 되어봐야 엄마의 마음을 안다고 합니다. 저에게 엄마의 마음이란, 한 번도 받아본 적 없는 사랑을 받은 마음이에요. 나를 절대적으로 의지하고, 옳고 그름의 기준으로 삼으며, 결코 부정당하지 않는, 아무 조건 없는 사랑이요. 그건 엄마가 되기 전에는 받아보지도, 해보지도 못한 '이상한' 사랑이었어요. 이 책은 아이들에게 받았던 그 이상한 사랑들의 모음입니다. 방금 헤어진 아이를 얼른 다시 만나고 싶었던 제 이상한 사랑의 결과이기도 하고요. 그림일기를 그리고 나면 아이들이 보고 싶어졌던 저처럼, 여러분에게도 소중한 존재를 생각나게 하는 책이 되었으면 좋겠습니다.

2022년 10월

유희진

이렇게 이상한 사랑은 처음이야

초판 1쇄 인쇄 2022년 11월 7일 **초판 1쇄 발행** 2022년 11월 16일

지은이 유희진
펴낸이 이승현

편집2 본부장 박태근
스토리 독자 팀장 김소연
책임 편집 김해지
공동 편집 강소영 곽선희 이은정 조은혜
디자인 강경신

펴낸곳 ㈜위즈덤하우스 **출판등록** 2000년 5월 23일 제13-1071호
주소 서울특별시 마포구 양화로 19 합정오피스빌딩 17층
전화 02) 2179-5600 **홈페이지** www.wisdomhouse.co.kr

ISBN 979-11-6812-454-7 02810